当代中国
经典
小小说

第三卷

3

Third
volume

老爱情

An Oath
of Love

任晓燕
秦俑

主 编

中国言实出版社

图书在版编目（CIP）数据

老爱情 / 任晓燕，秦俑主编 . -- 北京：
中国言实出版社，2019.3 （当代中国经典小小说；3）
ISBN 978-7-5171-3013-0

Ⅰ . ①老… Ⅱ . ①任… ②秦… Ⅲ . ①小小说—小说集—中国—当代 Ⅳ . ① I247.82

中国版本图书馆 CIP 数据核字（2019）第 047113 号

出 版 人：王昕朋
总 监 制：朱艳华
责任编辑：宫媛媛
责任印制：佟贵兆
装帧设计：7 拾 3 号工作室

出版发行　中国言实出版社

地　　址：北京市朝阳区北苑路 180 号加利大厦 5 号楼 105 室
邮　　编：100101
编辑部：北京市海淀区北太平庄路甲 1 号
邮　　编：100088
电　　话：64924853（总编室）64924716（发行部）
网　　址：www.zgyscbs.cn
E-mail：zgyscbs@263.net

经　　销　新华书店
印　　刷　北京温林源印刷有限公司
版　　次　2019 年 5 月第 1 版　　2019 年 5 月第 1 次印刷
规　　格　880 毫米 ×1230 毫米　1 / 32　7.75 印张
字　　数　180 千字
定　　价　46.00 元　　ISBN 978-7-5171-3013-0

编选前言

作为小说之一种，小小说的起源与中国古代文学的发展几乎是同步的：早期的神话故事、民间传说与《孟子》《庄子》《韩非子》里的一些寓言故事，可以算作是虚构叙事文学最早的源头；《左传》《战国策》《史记》等史传中，有一部分文章非常精短，人物性格鲜明，故事曲折精彩，基本具备了小小说写人叙事的特征；而《世说新语》、唐元话本、《太平广记》、《阅微草堂笔记》、《聊斋志异》中的诸多篇什，已初具小小说文体的雏形。但是，从文体规范上讲，这些作品仍属于民间传说、寓言故事或笔记小品，还没有形成完整的现代意义上的小小说文体特征。小小说作为一种真正有尊严的、独立的文体存在，应该是现当代文学史近几十年的事情。

特别是二十世纪八十年代以后，手机、网络与碎片化阅读的兴起，为小小说的繁荣提供了契机。经过数十年的发展，小小说不仅吸引了遍及全国、数量庞大的作者与读者群体，也出现了月发行量数十万份的标志性刊物，有近百篇小小说作品被选入大中小学语文课本，逾百位小小说作家加入中国作家协会，全国性的小小说笔会、征文、研讨此起彼伏，小小说的读写、报刊、图书、自媒体等热潮相继涌现。2010 年，中国作家协会修订发布《鲁迅文学奖评奖条例》，正式明确将小小说文体纳入鲁迅文学奖评选序列。2018 年 8 月，第七届鲁迅文学奖评选揭晓，冯骥才先生的《俗世奇人》（足本）

以"俗雅融通、拈轻成重的经典之魅",为小小说赢得了鲁奖开评以来的破题"首奖"。这个事件,被业界解读为小小说这一新兴文体走向成熟的重要标志。

在这种背景下,中国言实出版社与《小小说选刊》共同策划编选《当代中国经典小小说》系列图书。我们从1949—2018年间发表出版的小小说中,精心遴选了一部分具有经典意味、突显时代精神的小小说佳作,汇编成册予以出版,一方面是为了向新中国成立七十周年献礼,另一方面也是对数十年小小说创作成就的一个梳理与总结。书中所选作品立足人民大众,关注社会现实,彰显艺术力量,以小小说这一适合时代发展的文学样式,书写中国故事,弘扬时代精神,从不同时期、不同艺术风格显示了小小说文体的独特魅力。我们相信,本书的出版,会为小小说的阅读、写作与研究提供一个很好的范本,也期待读者朋友们为我们的编选工作提出好的意见与建议。

任晓燕　秦俑

2019 年 2 月 28 日

目录

恋 人

史铁生

八十岁，老吴住进了医院的病危室。"一步登天"的那间小屋里，一道屏风隔开两张病床，谁料那边床上躺的老太太竟是他的小学同桌。怎么知道的？护士叫到老吴时，就听那边有人一字一喘地问道："这老爷子，小时候可是上的幸福里三小吗？"老吴说："您哪位？""我是布欢儿呀，不记得了？"若非这名字特别，谁还会记得？

"五年级时就听说你搬家到外地去了，到底是哪儿呀？"

"没有的事。"老吴说，"我们家一直都在北京。"

屏风那边沉寂半晌，而后一声长叹。

布欢儿只来得及跟老吴说了三件事。一是她从九岁就爱上老吴了。二是她命不好，一辈子连累得好多人都跟着她倒霉。布欢儿感叹说，没想到临了临了，还能亲自把这些事告诉老吴。

哪些事呢？小学毕业，布欢儿再没见到老吴，但她相信来日方长。中学毕业了，还是没有老吴的消息，不然的话，布欢儿是想跟老吴报考同一所大学的。直到大学毕业，到了谈婚论嫁的年纪，老吴仍如泥牛入海，布欢儿却是痴心未改，对老吴一往情深。一年年过去，一次次地错过姻缘，布欢儿到了三十岁。

偏有个小伙子跟她一样痴情，布欢儿等老吴一年，他就等布欢儿一年。谁料，三十七岁时布欢儿却嫁给了另一个人，只因那人长相酷似老吴——从他少年时的照片上看。

"这人，还好吧？"

"他就不算个人！"

为啥不算个人布欢儿也没说，只是说，否则母亲也不会被气死。

那次婚姻让布欢儿心灰意冷，很快就跟第一时间向她求婚的人登了记。婚后才发现，这人还是长得像老吴——从少年老吴的发展趋势看。

"怎么样，你们过得？"

"过是过了几年，可后来才知道，咱是二奶！"

"这怎么说的！"

怎么说？布欢儿一跺脚，离婚，出国，嫁个洋人，再把女儿接出去上学……一晃就是二十年。有一天接到个电话，是当年那个一直等她的小伙子打来的。

"过得还好吗，你？"

"还是一个人，我。"

"咋还不结婚呢，你？"

"第一回我被淘汰。第二回我晚了一步。第三回嘛，这不，刚打听到你住哪儿。"

"唉，你这个人哪！"

"我这个人性子慢。你呢，又太急。"

约好了来家见面，布欢儿自信已有充分的心理准备，可门一开她还是惊倒在沙发里：进来一个完全不认识的小老头儿……

老吴回普通病房之前，拄着拐棍儿到屏风那边去看了看他的同桌。

　　四目相对，布欢儿惊叫道："老天，他才真是像你呀！"

　　"你是说哪一个？"

　　"等了我一辈子的那个呀……"

　　这是布欢儿告诉老吴的第三件事。

命系悬壶

陈源斌

姚五先生是我家乡古镇上的世传名医。他的名字竟然可以治病。邻居家小孩突发急痧，整夜惊叫抽搐，大人将着头发哄他说："好孩子，别怕，请姚五先生去了。"将着将着，啼哭声变小，孩子气息匀细，睡熟了。有个半大少年，暑天贪吃生食，又喝凉水，不一会儿发作起来，抱着肚子在地上打滚，一口气吸进去，憋得脸色乌青，连眼睛都直起来了。这时候，有人喊道："好了，好了，姚五先生来了！"其实才远远看到姚五先生的影子，走到跟前还得好一会儿呢。地上的病人却把一口气痛痛快快吐出来，觉得肚子好受多了。

关于姚五先生的传说很多：说他某年路过某地，听见一户人家号啕哭丧，进屋看时，人已经断了气，穿好送终的寿衣，躺在草铺上了。姚五先生说有救，熬了一罐药，撬开牙关，灌将进去，草铺上的人立刻还了魂。又说他某年途中撞见一群披麻戴孝抬棺人，他朝滴在地上的血迹看看，又凑到跟前嗅了嗅，赶紧开棺急救。原来是位难产的孕妇，幸得姚五先生救治，母子双双侥幸活了命……这些故事都不新鲜，显然是从一些旧书和传闻那里移植过来的。姚五先生听了，总是不置可否，一笑了之。

传来传去，姚五先生就被神化了。说他不但能让死人活，也能让活人死。这话是当着姚五先生的面说的。他跟往常一样懒得理睬，只管凝神替面前的病人诊治。这句话却惹出了一个意外灾祸：有一个青年高高骑在墙头上看热闹，手里捧着一罐南瓜稀粥，喝了个底朝天，肚子胀得像只鼓。那青年听见这句话，很不服气，抓着喝空了的罐子，"啪"的一声跳到地上，说："我就不信，我一个大活人，他真有本事，敢不敢让我马上就死？"姚五先生抬头看看他，脸色突变，让人赶紧找青年的家长，准备后事。果然如此，没等家长赶到，青年已经瘫软死去——事后，姚五先生解释说，这个青年喝了一肚子稀粥，从那么高的墙头猛跳到地上，硬把肚肠挣断，又因地处偏僻乡下，来不及救治，可惜这条性命了。

姚五先生体恤民情，替人治好病，或是救了一条命，视人家的家境，酌收诊费。遇到乡下普通老百姓，他把手挥挥，说，算了，你要真过意不去，闲暇时送几只斑鸫鸫来吧。斑鸫鸫是一种乡下常见的鸟，喜好在野地里用脚爪刨挖单叶芽果吃，随手就捉得到，不算什么难事。姚五先生嗜好这种野味。他饮食十分挑剔，从来不在外面吃饭。有时候下乡到人家中忙活一天，连口水都不喝，照样挥挥手，走了。多少人被他感动了，望着他的背影，为他祈祷，说："好人哪，但愿他长命百岁！"

姚五先生只活到五十岁。他患的是当地人俗称的膈食病，就是不能吃饭。得过他恩惠的乡下人说，姚五先生怕是斑鸫鸫吃多了。斑鸫鸫喜欢刨吃野地里有毒的单叶芽果，这种野鸟身上积存了毒素，人偶尔尝个新鲜是可以的，吃多了，就会有大妨碍。姚五先生一辈子替太多的普通百姓看过病，吃了太多的人家送来的斑鸠鸠，日积月累，中了重毒了——姚五先生是治膈食病的圣手，有一个祖传单方，远远近近，好多患这种病的病人，都是由他治愈的。他按祖传单方给自己抓了药，煎好，一口气喝下肚里，却一点不剩地吐了。再舀一碗，硬灌下去，泼剌一声响，全部喷射出来。姚五先生把头摇摇，叹了一口气，说："命系悬壶，治得了病，治不了命。"他一天天瘦下去，瘦下去，瘦成了一根芦柴似的，只剩了一口气在胸腔里悠悠转着。接着，这口气断了，他死了。

老 爱 情

苏 童

我这里说的爱情故事也许让一些读者失望，但是当我说完这个故事后，相信也有一些读者会感到一丝震动。

话说 20 世纪 70 年代，我们香椿树街有一对老夫妇，当时是六七十岁的样子，妻子身材高挑，白皮肤，大眼睛，看得出来年轻时候是个美人；丈夫虽然长得不丑，但是一个矮子。他们出现在街上，乍一看，不配，仔细一看，却是天造地设的一对。为什么这么说呢？这对老夫妻彼此之间是镜子，除了性别不同，他们的眼神相似，表情相似，甚至两人脸上的黑痣，一个在左脸颊，一个在右脸颊，也是配合得天衣无缝。他们到煤店买煤，一只箩筐，一根扁担，丈夫在前面，妻子在后面，这与别人家夫妇扛煤的位置不同。没有办法，不是他们别出心裁，是因为那丈夫矮、力气小，做妻子的反串了男角。

他们有个女儿，嫁出去了。女儿把自己的孩子丢在父母那里，也不知是为了父母，还是为了自己。她自己大概一个星期回一次娘家。这是一个星期天的下午，女儿在外面"嘭嘭嘭"敲门，里面立即响起一阵杂沓的脚步声，老夫妇同时出现在门边，两张苍老而欢乐的笑脸，笑起来两个人的嘴角居然都向右

·7

边歪着。

但女儿回家不是来向父母微笑的，她的任务似乎是为埋怨和教训她的双亲。她高声地列举出父母所干的糊涂事，包括拖把在地板上留下太多的积水，包括他们对孩子的溺爱，给他吃得太多，穿得也太多。她一边喝着老人给她做的红枣汤，一边说："唉，对你们说了多少遍也没用，我看你们是老糊涂了。"

老夫妻一听，忙走过去给外孙脱去多余的衣服，他们面带愧色，不敢争辩，似乎默认这么一个事实，他们是老了，是有点老糊涂了。

过一会儿，那老妇人给女儿收拾着汤碗，突然捂着胸口，猝然倒了下来，死了，据说死因是心肌梗塞。死者人缘好，邻居们听说了都去吊唁。他们看见平时不太孝顺的女儿这会儿哭成了泪人儿了，都不觉奇怪——这么好的母亲死了，她不哭才奇怪呢！他们奇怪的是那老头——他面无表情，坐在亡妻的身边，看上去很平静。外孙不懂事，就问："外公，你怎么不哭？"

老人说："外公不会哭。外婆死了，外公也会死的，外公今天也会死的。"

孩子说："你骗人，你什么病也没有，不会死的。"

老人摇摇头，说："外公不骗人，外公今天也要死了。你看外婆临死不肯闭眼，她丢不下我，我也丢不下她。我要陪着你外婆哩。"

大人们听见老人的话，都多了心眼，小心地看着他。但老人并没有任何自寻短见的端倪，他一直静静地守在亡妻的身边，坐在一张椅子上。他一直坐在椅子上。夜深了，守夜的人们听见老人喉咙里响起一阵痰声，未及人们做出反应，老人就歪倒在亡妻的灵床下面了。

这时就听见堂屋自鸣钟"当当当"连着响了起来,人们一看,正是夜里 12 点!

正如他宣布的那样,那矮个子的老人心想事成,陪着妻子一起去了。如果不是人们亲眼看见,谁会相信这样的事情? 但这个故事是真实的,那对生死相守的老人确有其人,他们是我的邻居,死于 20 世纪 70 年代末的同一个夜晚。那座老自鸣钟后来就定格在 12 点,就如上了锈一样,任人们怎么拨转就是一动也不动。

这个故事叙述起来就这么简单,不知道你怎么看,我一直认为这是我一生能说的最动人的爱情故事。

乡村英文

韩少功

　　玉梅是一个热心肠的女人，与左邻右舍处得很好。她家门前有一块水泥坪，遇到邻居金花来借坪晒谷，满口答应，当下把自家柴垛移开，把落叶和鸡粪扫净，让出一片明净的场地。

　　她还兴冲冲地忙前忙后，将自家的大堂屋腾空，以便傍晚时就近收谷入门，避开露水和雾气，好第二天再晒。

　　不料，她不知因何事上火，第二天一大早就立在坪前高声叫骂。先是骂鸡："养不亲的货啊？吃了老娘的谷，还要上灶拉屎怎么的？就不怕老娘扭断你颈根拔你的毛？"接着骂狗："你贱不贱？老娘请你来了吗？老娘下了红帖，还是发了轿子？这儿又不是你的地盘，你死皮赖脸地赖在这里干啥？"最后还骂到树上的鸟："你才是个贼，老不死的贼！你上偷瓜，下偷菜，偷惯了一双爪子还贼喊捉贼。有本事你就到法院去告，叫十八路人马来抓啊。黑肠烂肚的，算哪门子本事？"

　　她骂得鸡飞狗跳，日月无光。邻居金花听得心里生疑，脸渐渐拉长了，上前来问："玉梅姐，你骂谁呢？"

　　玉梅没好气地说："谁心中有鬼，就是骂谁！"

　　"没……没什么人得罪你吧？"

"谁得罪了谁知道！"

这就等于把话挑明了，把脸撕破了。金花扭歪了一张脸，咚咚咚大步离去，叫来两三个帮手，一担担地把稻谷运走。不久，她的尖声在篱笆那边隐隐传来："……以为没有她一块坪，我就晒不成谷了？神经病，脑膜炎，一大早踩到猪粪了吧？"

帮手中的一位，后来私下问玉梅姐，到底发生了什么事。玉梅开始不说，实在气不过，才道出心中悲愤。原来她早上见天气不错，打算帮那妖婆子搬谷入坪摊晒，一心想做好事啊，却发现谷堆上画有暗号，是一些弯弯曲曲的沟痕，顿时就气炸了肺：呸，什么意思啊？留暗号不就是防贼吗？留在她家屋里不就是防她吗？怕她认出来，居然不写汉字，还写成了英文，就是电视上那种洋字……你王八蛋哪，也太小看人了！她玉梅别说有吃有穿，就算穷，就算贱，就算讨饭，也不会稀罕你几粒谷吧？

冤仇就这样结下了。金花事后不承认什么暗号，声称对方血口喷人，居然诬她写洋字。为何不说她写了蝌蚪文呢，写了蚂蚁文和蜘蛛文呢？天地良心，她要是写得了洋文，还会嫁进这个倒霉的八溪峒，还会嫁给一个烂瓦匠，还会热汗横流地晒谷？……但此事真相已没法澄清，因稻谷已运出玉梅家，谷堆上到底有没有暗号，有没有英文，旁人已经无法看到了。

两家断了往来，连鸡鸭也不再互访。一旦它们悄悄越界，必有来自敌方的石块，砸得越界者惊逃四散。一些妇人曾经进行调解，却毫无效果，对此她们只能摇头叹气。

据玉梅说，那贼婆子曾经送给她一条花裤，说她个子矮一点，穿着正合身，给她穿算了。她以前还满心欢喜，现在算是想明白了：那哪是安什么好心？不就是嘲笑她的个头矮，要当众揭她的疮疤吗?

玉梅还说,那贼婆子曾经约她进城去看戏,抢先掏钱给她买了车票和戏票。她以前一直心怀感激,现在也算是想明白了:那哪是什么看戏?不就是要显摆自己有钱,显摆娘家有人发了财并且让她沾光,要当众戳她的痛处吗?

……

往事历历在目,件件滴血,桩桩迸泪。而且越是有人来劝解,越给她增加了思前想后和悲愤重温的机会。一听到金花家那边狗叫,更是气不打一处来。那可能是发情的叫,是挨打的叫,是赶山猫或野兔的叫,但在玉梅听来都是狗仗人势,叫得那么猖狂和歹毒,吓白菜啊?她把那条花裤找出来,嚓嚓嚓剪成碎片,一把碎片朝篱笆那边摔过去。

数日以后,住在山坳里的公公找来了,什么事也不提,只是要玉梅跟着走一趟。她来到了公公家的谷仓,顺着老人的手看去,发现那里的谷堆表面也有一些弯弯曲曲的沟痕,与她不久前见到的完全一样。谷仓前有两三只地鳖虫,大概是爬过谷堆的、留下沟痕的,已被踩死,散发出一种刺鼻的酸腥味。

公公嘟哝了一句,说的什么听不太清楚。

媳妇捂住嘴,愣住了,一张脸红红的。

玉梅低着头回到家。去菜园里锄草,顺手把金花家的两块地也锄了。去扎稻草人赶鸟,也顺手在金花家的田边戳了一个。去撒谷喂鸡,见邻家的鸡过来了,也不再厉声驱赶,两窝鸡快快活活地啄在一起。

但金花没见到这一切,她家那扇门一直紧闭,悄无声息。玉梅事后才得知,收完稻谷后,金花就外出打工了,去了很远的北方。

第二年，金花没有回来。

第三年，金花还是没有回来。

第四年的一天，人们悄悄传说，可怜的金花姑娘回不来了。不久前在一次工厂的火灾中，金花不幸遇难。丈夫怕她婆婆和女儿伤心，迟迟没有说破。不过，金花女儿后来上学时骑的那辆红色自行车，玉梅知道，大家也知道，是用一个女人的赔命钱买的。女儿不知道这个来由，骑车飞驰时经常放声大笑。

敬　惜

鲁　敏

　　有谁会在"大号"后用纸时产生暴殄天物的负罪感？老申就会。他慢吞吞地抽着白而芬芳的卷纸，心尖儿发颤。唉，老申的屁股，小时候在乡下，用了多少年的苞谷皮、麦秸秆、作业簿，最伟大的纪录是用过旧报纸！软软的、油墨香香的报纸，那么高级！少年老申两脚蹲得发麻，震惊与心疼中，怎么也下不了手把那报纸片片往屁股后送……

　　老申对报纸的珍重，可能就是这么着从屁股蛋子上落下来的——儿子孝顺，自把老申接到南京，为他订了三份报纸。现在的报纸，你知道的，那么那么厚，老人家又不肯浪费，除了股市行情与分类广告勉强放过，其他一切诸如宠物医院、微博排行、潮人服饰、心理测试等版面，哪怕他并无半点儿兴趣，也逐字逐句细小不舍地读……三份报纸的"长途跋涉"之后，老申双目酸胀，脑子沉甸甸，有如饱食过后般困倦，但他很有成就感：可算对得起这些报纸了！最后，他对缝对角仔细叠好，码到阳台上。三种报纸，按时间分别码，方方正正，像三张矮板凳，变成三张高板凳，再变成三张高台子……

　　旧报纸嘛，跟过期面包一样，隔天就是废纸。儿媳有时要抽两张：剥毛豆时放壳、收纳箱包作衬里……"不能拿！"老申会忽地蹦到阳台上护着，神情戒备。儿媳跟儿子牢骚。儿子摸着头沉吟，替老爹抬出个古雅的幌子："这叫作'敬惜字纸，功德无量'，在从前，有字的纸，那是踩都不能踩的……"

阳台就这么被老申的旧报纸占领了，日积月累，从三堆到六堆，到十几堆，像一排士兵，笔直地站在阳台上，蔚为壮观，却也有些森然。

儿媳终于忍不住："卖掉吧？"

"容我整理一下。"老申弓身勾头消失在报纸堆中，只闻听窸窸窣窣。报纸堆一张张矮下去，再一张张高上去，所谓整理，只是把报纸堆从此处挪到彼处而已。到第三天，老申找到儿子，略带羞涩："恐怕不能卖。"

"嗯？"

"哎呀，好多内容蛮好的，可惜都忘掉了，就这么卖掉，太可惜。我要再看看。"

不能说这有什么不对，谁规定报纸看完就得扔？谁说不能够温故而知新呢？儿子默然。

于是，老申开始"温故"了，同时还有每天三份新报……如此这般，当天的、上月的、两年前的，所有的资讯统统穿越到一处。那些被重新激活的旧报纸，如同散兵进攻平原，占领越来越多的区域，卫生间、餐桌、沙发、门厅……字纸的海洋、信息的海洋，整个家都惊涛拍岸，给打成汪洋中的一条船了。老申独立船头，感到自己像长了前后眼、上下眼与左右眼，看到日子们的前世今生、背影侧影与倒影，还有立体透视……

儿媳有点儿苦恼。儿子想了想，带老爹去书店，径直到电子书专区……汉王、方正、纽曼、Kindle、索尼、辞海天下、云中图书馆、亚马逊后备书库，各式招牌如城头大旗猎猎招展，身着太空服的促销女孩口若悬河："日更新1亿原创文字、960种中外数字报刊……"

"听听，日更新1亿字！960种报刊！要留那堆报纸干什么？"儿子灵敏地复述，带着生逢盛世的自豪。

咕。老申小声咽一口唾沫，抬起沉重的手臂："你们赢了。"

收废纸的进了阳台，手里转弄着绳子与秤，似磨刀霍霍。

"你，把报纸送到回收站，然后又送哪里？"老申奓着头，像要嫁女儿，要问清去姑爷家的路线。

"哎呀，不清楚。"

"报纸上登过，我清楚！然后送到造纸厂，粉碎、脱墨，到化浆池，再上夹板网、压榨、干燥，最后卷成新闻纸。"老申比画着，脸上慢慢亮了，"接下来呢，就送到报社印刷厂，印啊滚啊，套色彩印，对开裁切。得，又变回报纸！"

"这个……"收废纸的睁大眼，不知其意。

"你看看，折腾个大循环，它们还是要回到我这里来，这是何苦嘛。"

"那您的意思是——？"

"很简单，咱们省掉中间环节。你估计一下这堆旧报纸值多少钱，我付给你，就当我买新报纸了。"老申又冲儿媳一笑，"以后不要替我订了，但这些旧的一张不许动。不进也不出，这堆儿，归我。"

人散了，阳台上静了，十来堆一人高的旧报，如同微观的丛林，老申侧着身子轻手轻脚地走进去……那些字纸，为感知遇之恩，忽地软化了、变形了，飞散开来，黑色铅字们悬浮于半空之中，粗粝、烂漫而令人窒息，衬得老申的背影有了几分飘逸之态。

猎　手

贾平凹

　　从太白山的北麓往上，越上树木越密越高，上到山的中腰再往上，树木则越稀越矮。待到大稀大矮的境界，繁衍着狼的族类，也居住了一户猎狼的人家。

　　这猎手粗脚大手，熟知狼的习性，能准确地把一颗在鞋底儿蹭亮的弹丸从枪膛射出，声响狼倒。但猎手并不用枪，特制一根铁棍，遇见狼故意对狼扮鬼脸，惹狼暴躁，扬手一棍扫狼腿。狼的腿是麻秆一般，着扫即折，然后拦腰直磕，狼腿软若豆腐，遂瘫卧不起。旋即弯两股树枝吊起狼腿，于狼的吼叫声中趁热剥皮，只要在铜疙瘩一样的狼头上划开口子，拳头伸出去于皮肉之间嘭嘭捶打，一张皮子十分完整。

　　几年里，矮林中的狼竟被猎杀尽了。

　　没有狼可猎，猎手突然感到空落。他常常在家坐喝闷酒，倏忽听见一声嗥叫，提棍奔出来，鸟叫风前，花迷野径，远近却无狼迹。这种现象折磨得他白日不能安然吃酒，夜里也似睡非睡，欲睡乍醒。猎手无聊得紧。

　　一日，猎手懒懒地在林子中走，一抬头见前边三棵树旁卧有一狼作寐态，见他便遁。猎手立即扑过去，狼的逃路是没有了，就前爪搭地，后腿拱起，扫帚大尾竖起，尾毛拂动，如一面旗子。猎手一步步向狼走近，眯眼以手招之。狼莫解其意，连吼三声，震得树上落下一层枯叶。猎手将落在肩上的一片叶子拿了，吹吹上边的灰气，突然棍击去，倏忽棍又在怀中，狼却卧在那里，一只前爪已经断了。猎手哈哈大笑，迅雷不及掩耳之势将棍再要磕狼腰。狼狂风般跃起，抱住了猎手。猎手在一生中从未见过这样伤而发疯的恶狼，棍掉在地上，同时一手抓住了一只狼爪，一拳直塞进弯过来要咬手的狼口中直抵喉咙。人狼就在地上滚翻搏斗。狼口不能合。人手不敢松。眼看滚至崖边了，继而就从崖头滚落数百米深的崖下去。

猎手在跌落到三十米处时，于崖壁的一块凸石上，惊而发现了一只狼。此狼皮毛焦黄，肚皮丰满，一脑壳桃花瓣。猎手看出这是狼的狼妻。有狼妻就有狼家，原来太白山的狼果然并未绝种啊。

猎手跌落到六十米处，崖壁窝进去有一小小石坪，一只幼狼在那里翻筋斗。这一定是狼的狼子。狼子有一岁吧，已经老长的尾巴，老长的白牙，这恶东西是长子还是老二老三？

猎手在跌落到一百米处时，看见崖壁上有一洞，古藤垂帘中卧一狼，瘦皮包骨，须眉灰白，一右眼瞎了，趴聚了一圈蛟虫。不用问这是狼的狼父了。狡猾的老家伙，就是你在传种吗，狼母呢？

猎手跌落到二百米处，看见狼母果然在又一个山洞口。

⋯⋯⋯⋯

猎手和狼终于跌落到了崖根，先在斜出的一棵树上，树咔嚓断了，同他们一块坠在一块石上，复弹起来，再落在草地上。

猎手感到巨痛，然后一片空白。

　　猎手醒来的时候，赶忙看那只狼。但没有见到狼，和他一块下来已经摔死的是一个四十余岁的男人。

安装工小马

王剑冰

　　小马的墨镜还放在那个台子上，静静地享受着昏暗的光。而小马这时可能正在阳光下骑着车子狂奔。几次给他打电话，他都说在去客户家的路上。小马很忙，忙得连眼镜都顾不上来取了。那天，小马干完活儿走得慌张。已经九点多了，我才发现他的墨镜忘在了杂物台上。

　　小马是一家公司的热水器安装工，来我家的时候已经是晚上六点了。小马表示很不好意思，说让我久等了。小马干活儿很麻利，为了安装得美观些，小马在不大的空间里费了很大的事。

　　我说一会儿装热水器的时候叫我一下，可等我看见，小马自己一个人正扛着那个大家伙在卫生间狭小的空间里转着身子。我赶忙去搭手，那个大东西被小马举过了头顶。这时，我已经帮不上忙了，小马是站在梯子上。可是，小马举着那个大东西，就是挂不上钉好的小钩子，那两个小钩子太袖珍了。我看得出，小马已经没有缓冲的余地，要么在最短的时间里挂上去，要么就会坚持不住掉下来。小马满头大汗地憋红了脸，最后一举，站立的梯子在他猛一用力中突然滑动了，小马站立不稳，差一点儿摔下来。而我就在他的下面仰头看着，躲是来不及了。小马打了个趔趄没有摔到地上，而热水器正好斜斜地挂在了其中一个钩子上，没有掉下来。好险啊！小马直说不好意思。而我吓了一头汗。

这时小马的手机不停地响。小马接听说一会儿就赶过去，好像是一个客户的事情。小马说总有干不完的活儿，等干完了，也快半夜了。

又有个电话打进来，是问小马在哪里，吃饭了没有，而且还要把饭送过来。小马说不用不用，你先吃吧，一会儿就好了。那边说，你不要急，把活儿给人家干好，别马虎。小马说是，我啥时马虎过。那边说要过来帮上一把。小马就有些急躁了，说，你啰唆什么，耽误我干活儿。

我说，是你的爱人吧？挺关心你的。小马说，是女朋友，在一起住着。哦，那是个准妻子，还挺细心的。小马说，她总是怕我给人家干不好。我说，她干什么？小马说，是干销售的。两人在郊外租了一间很便宜的房子，比城中村的还便宜，就是路远一点儿。起得早一点儿，睡得晚一点儿，腿和车子辛苦一点儿，就又能多余下点儿钱了，可以给女朋友买个好衣服什么的。女朋友跟了自己，总是什么都不舍得买，起早贪黑地跟着自己吃苦，不管多晚回去，她都在那里等着，有时守着饭菜就睡着了。

我说，小马有福。小马说是啊，那就只有好好干活儿，女朋友也是看重了他这一点，才跟他好的。我心里感慨社会上还有这么实诚的年轻人。

我忽然想起来应该给小马拿点儿吃的，就去了厨房拿来几个包子。可小马很不好意思，说什么也不吃，说这是公司的规矩。

我说，就当是兄弟。小马还是不吃，说一会儿就好了，不饿的，把碗放在了那里。直到最后，他都没有吃一个。小马又忙了个把小时。小马把活儿做得很认真，线路跑得规规矩矩，还帮我做了多余的活儿。比如，另外跑了一根线。小马很仔细地填写了安装单，很仔细地讲解了注意事项，说有什么事情可以给他打电话。小马留下了手机号，然后就匆匆忙忙去了另一个客户家。调度那里已经打了好几次电话催了。小马又得忙到很晚了。她的可爱的准妻子还在家里等着呢。这中间她也打好几个电话了。小马脾气很好地说着善意的谎话，说再有一个小时就回去了。小马就这么匆匆忙忙地走了，把那个遮阳的墨镜忘在了水池的台子上。

我记着小马说干一个月好了能拿一千块钱，女朋友能拿七八百元。小马挺满意的。小马说，钱拿多少是小事，关键是把活儿干好，不能损坏了公司的名誉。小马是个很敬业的人。我想我要是有一家公司，就让小马做个总经理助理，小马是个可用的人，而他的准妻子能做部门经理。可我笨得不会经营什么公司。

小马黑黑的壮壮的，很精明。小马很是让人念想。

我再一次给小马打电话，告诉他我会把他的墨镜直接送到卖热水器的商场去。

客厅里的爆炸

白小易

主人沏好茶，把茶盅放在客人面前的小几上，盖上盖儿。当然还带着那甜脆的碰击声。接着，主人又想起了什么，随手把暖瓶往地上一搁。他匆匆进了里屋。

做客的父女俩待在客厅里。十岁的女儿站在窗户那儿看花。父亲的手指刚刚触到茶盅那细细的把儿——忽然，啪的一声，跟着是绝望的碎裂声。

——地板上的暖瓶炸了。

女孩吓了一跳，猛地回过头来。事情尽管极简单，但这近乎是一个奇迹：父女俩一点儿也没碰到它。的的确确没碰到它。而主人把它放在那儿时，虽然有点摇晃，可是并没有倒哇。

暖瓶的爆炸声把主人从里屋揪了出来。他的手里拿着一盒糖。一进客厅，主人瞅着热气腾腾的地板，下意识地脱口说了声：

"没关系！没关系！"

那父亲似乎马上要作出什么表示，但他控制住了。

"太对不起了。"他说，"我把它碰了。"

"没关系。"主人又一次表示这无所谓。

从主人家出来，女儿问："爸，是你碰的吗？"

"……我离得最近。"爸爸说。

"可你没碰！那会儿我刚巧在瞧你玻璃上的影儿。你一动也没动。"

爸爸笑了："那你说怎么办？"

"暖瓶是自己炸的！地板不平。李叔叔放下时就晃，晃来晃去就炸了。爸，你为啥说是你……"

"这，你李叔叔怎么能看见？"

"可以告诉他啊。"

"不行啊，孩子。"爸爸说，"还是说我碰的，听起来更顺溜些。有时候，你简直不明白是怎么回事，你说的越是真的，也越像假的，越让人不能相信。"

女儿沉默了许久。"只能这样吗？"

"只好这样。"

上士还乡

齐 闯

　　喜子像往日一样跑完步在门口刷牙，习惯性地撩起一捧水在脸上洗得很响，但水的腥味使在部队当过三年卫生员的他感到很败兴。抬头见芦花鸡在桃树上迷迷糊糊地打盹，他就一扬手把口杯里的水泼了过去，芦花鸡惊得从树上跌落下来。这时喜子爹从茅房出来，一边勒腰带一边咳嗽，喜子爹看见仓皇逃窜的鸡扬了满院鸡毛，便剜了喜子一眼，屁股一扭气哼哼地进了黑洞洞的堂屋。

　　复员回来这段日子，喜子的气一直不顺。他时常想念当兵时所在的那座城市，也时常想念自己的连队。他听惯了军号，不喜欢没有规律没有节奏的生活。当城市里华灯初上时，这里的乡亲还点着烟熏火燎的煤油灯；每天，战友们围坐一起看《新闻联播》的时候，乡亲们却匆忙上炕懒睡到第二天太阳晒上炕沿。更让他感到沮丧的是，前两天村东头那口井里的水有些异味，经过化验他发现水质确已严重污染，随时都有中毒的可能。但当他站在井沿上宣布这个消息时，在场的人却很漠然，仿佛听着一件与自己毫不相干的事。喜子说要打口新井，众人用怪怪的眼神看了看他那身洗得泛白的旧军装笑着散开了。一想这些事，喜子心头就泛起许多困惑和无奈。有时他想，当时放弃留队的机会执意回乡干一番事业的想法也许真是太冲动了，如果当初听了连长的劝告，现在肯定已转上了士官。但这个想法像夜风里擦亮的火柴头一样一闪即逝，因为在外当兵五年的他毕竟已不是那个仅仅为吃白面馍馍而去穿军装的喜子了。在部队他入了党，当了班长，吃了苦，开了眼界。

喜子爹近来气也不顺。他觉得儿子吃了几年军粮，变了。当初喜子要复员时，他去信千叮万嘱他不要回来，可喜子不听。还有，他回来这段时间依然坚持早晨跑步，叠方被子，穿一身刺眼的旧军装，引得乡亲说了不少的闲话。更让喜子爹气愤的是，前几天他当着众乡亲的面，硬说村里用了几辈子的那口老井脏了，要自费打口新井。

那只芦花鸡跑到不远处又趴下来打盹，喜子把口杯往地上一蹾，捡起土坷垃扔了过去。红褐色的土块在空中划了一道弧线，不偏不斜地落在了芦花鸡的背上，那鸡又惊恐万状地飞奔起来。这时，喜子看见村里早起的男女挑着水桶向村口走来，眼前立刻又浮现出那口已近枯竭的老井。混浊的水质，淡淡的腥味和乡亲们漠然的表情……喜子的心情沉重起来。

喜子决定用复员费和平时攒下来的三千元钱打口新井。这天晚饭后喜子跟爹说了自己的想法，爹一下子气得噎住了，没有接上话茬儿。喜子妈泪光闪闪，说："好娃哩，千万甭瞎折腾，这井用了几辈儿，是全村的命根子，再说花那么多的钱，谁掏？"

"妈，那井水污染了，用了会中毒！钱，我想用……"

爹急躁了，打断喜子的话，大声吼了起来："放屁，当了几年兵，不是你了，有几个钱张狂得鸡毛压不进担笼！"

喜子来到院子，遥望着老连队的方向，感到心中有一种东西在慢慢生长，渐渐地坚硬起来，最后不可动摇了……他决定了，明天一早就去镇上请钻井队。

第二天一早，月亮还挂在西天，喜子就约了两个胆大的后生向六十里之外的镇上赶去。

沉寂的伏牛沟第一次响起钻井机高速旋转的轰鸣声时，伏牛沟沸腾了，男女老少从山村的角角落落闻声赶来。过惯清静生活的牲畜们，几天来亢奋得睡不着觉。那只爱打盹的芦花鸡也不知疲倦地站在田埂上，听着轰鸣的声响，看着一片忙碌的景象。

开工第二天，钻井机转得正欢，突然从村西拥出几个老人，他们死死抱住钻井队员的腿，诚惶诚恐地说："下钻头的地方是村上的龙脉，钻不得。"继而大骂喜子爹教子无方，破坏先人风水，要祸及全村。喜子一听急了，转身从屋里扯出自己雪白的床单，一口咬破手指，用血指在白布上写道："钻井如有灾祸，找我喜子算账！"

乡亲们围着看热闹。正在这时，突然有人跑来说王铁嘴的二女儿从城里回来了，肚鼓如牛，可能活不了了。喜子一听扯起急救包撒腿跑向王家。他看见神婆子正对着一只水碗里的三根筷子念念有词，低声下气地诉说着病人的可怜，祈求鬼神饶过病人。那生病的女子在炕上痛苦地扭动，嘴唇铁青。喜子一看症状便知道是饮水中了毒。他娴熟地配制了灰锰氧水，给她灌了下去。约莫半个时辰，那女子上吐下泻，随后病情渐渐减轻了。围观的人见喜子的药立竿见影，纷纷说自家这两天也有人出现过此类症状。

喜子挨家挨户地看病，挨家挨户地送药。后半夜，喜子拖着疲惫的身子回了家。他很累，嘴角却挂着甜甜的笑。

钻井机连续轰响了七天。

当清冽甘甜的井水随着压水泵手柄的起落汩汩涌出的那天，喜子背起早已准备好的行囊，悄悄地离开了伏牛沟。他打算到城市里寻找一条自己的路。

杭州路 10 号

于德北

我讲一个我的故事。

今年的夏天对我来说很重要。

随着待业天数的不断增加，我愈发相信百无聊赖也是一种合理的生活方式。这当然是从前。很多故事都发生在从前，但未必从前的故事都可以改变一个人。我是人。我母亲给我讲的故事无法诉诸数字，我依旧一天到晚吊儿郎当。

所以，我说改变一个人不容易。

夏初那个中午，我从一场棋战中挣脱出来，不免有些乏味。吃饭的时候，我忽然想出这样一种游戏：闭上眼睛在心里描绘自己所要寻找的女孩的模样，然后，把她当作自己的上帝，向她诉说自己的苦闷。这一定很有趣。

我激动。

名字怎么办？信怎么寄？

我潇洒地耸耸肩，洋腔洋味地说："都随便。"

乌——拉——！

万岁！——这游戏。

我找了一张白纸，在上边一本正经地写了"雪雪，我的上帝"

几个字。这是发向天国的一封信。我颇为动情地向她诉说我的一切，其中包括所谓的爱情经历（实际上是对邻家女孩儿的单相思），包括待业始末，包括失去双腿双手的痛苦（这是撒谎）！

杭州路10号袁小雪。

有没有"杭州路"我不知道，也不必知道。我说过，这是游戏，是一封类似"乡下爷爷收"的信。

信寄出去了。

我很快便把它忘却。

生活中竟有这么巧的事，巧得让人害怕。

几天之后，我正躺在床上看书，突然一阵急切的敲门声把我惊起。我打开门，邮递员的手正好触到我的鼻子上。

"信。"

"我的？"我不相信，因为从来没有人给我写信。

杭州路10号。

我惊坐在沙发上。仿佛有无数只小手在信封里捣鬼，我好半天才把它拆开。字很清丽，一看就是女孩子。信很短：谢谢您信任我向我诉说您的痛苦我不是上帝但我理解您别放弃信念给生活以时间您的朋友雪雪。

人都有良心。我也有良心。从这封信可以知道袁小雪是个善良的女孩子，欺骗善良无疑是犯罪。我不回信不能回信不敢回信。

这里边有一种崇敬。

我认为这件事会过去。只要我闭口不言。

但是，从那封信开始，我每个月初都能收到一封袁小雪的信。信都很短，执着，感人。她还寄两本书给我：《张海迪的故事》《生命的诗篇》。

我渐渐自省。

袁小雪，你这是为什么为什么为什么呀？

我渐渐不安。

四个月过去了，你知道我无法再忍受这种折磨。我决定去看袁小雪，也算负荆请罪，告诉她我是个小混蛋，不值得她这样为我牵肠挂肚。我想知道袁小雪是大姐姐小妹妹还是阿姨老大娘。我必须亲自去，不然的话我不可能再平静地生活。

秋天了。

窄窄的小街上黄叶飘零。

杭州路 10 号。

我轻轻地叩打这个小院的门，心中充满少有的神圣和庄严。门开了，老奶奶的一头华发映入我的眼帘。我想：如果可以确定她就是袁小雪，我一定会跪下去叫一声奶奶。

"您是……"

"我……我找袁小雪。"

"袁……噢，您就是那个……写信的人？"

"是……是她的朋友。"

"噢，您，进来吧。"

我随着她走过红砖铺的小道，走进一间整洁明亮的屋子里，不难看出是书房。就在这间屋子里，我被杀死了一次。从那里出来，我就是另外一个人了。

"她不在么？"

"……"她转过身去，从书柜里拿出一沓信封款式相同的信，声音蓦然喃喃："人，死了，已经有两个多月了。这些信，让我每个月寄一封……"

我的血液开始变凉。这是死的征兆。

"她……"

"骨癌。"

她指了指桌子让我看。

在一个黑色的相框里镶嵌着一张三寸黑白照片。照片是新的。照片上的人的微笑很健康很慈祥。照片上的人，是一位白发苍苍的老爷爷。

他叫骆瀚沙。

他是著名的病残心理学教授。

莲池老人

贾大山

　　庙后街，是县城里最清静的地方、最美丽的地方。那里有一座寺院，寺院的山门殿宇早坍塌了，留得几处石碑、几棵松树，那些松树又高又秃，树顶上几枝墨绿，气象苍古；寺院的西南角有个池塘，清清的水面上，有鸭，有鹅，有荷；池塘南岸的一块石头上，常有一位老人抱膝而坐，也像是这里的一个景物似的。

　　寺院虽破，里面可有一件要紧的东西：钟楼。那是唐代遗物，青瓦重檐，两层楼阁，楼上吊着一只巨大的铜钟。据说，唐代钟楼，全国只有四个半了，可谓吉光片羽，弥足珍贵。只是年代久了，墙皮酥裂，木件糟朽，瓦垄里生满枯草和瓦松。若有人走近它，那位老人就会隔着池塘喝喊一声：

　　"喂——不要上去，危险……"

　　老人很有一些年纪了，头顶秃亮，眉毛胡子雪一样白，嗓音却很雄壮。原来我不知道他是干什么的，后来文物保管所的所长告诉我，他是看钟楼的，姓杨，名莲池，1956年春天，文保所成立不久，就雇了他，每月四元钱的补助，一直看到现在。

　　我喜欢文物，工作不忙时，常到那寺院里散心。有一天，我顺着池塘的坡岸走过去说：

"老人家，辛苦了。"

"不辛苦，天天歇着。"

"今年高寿？"

"谁晓得，活糊涂了，记不清楚了。"

聊了一会儿，我们就熟了，并且谈得很投机。

老人单身独居，老伴早故去了，两个儿子供养着他。他的生活很简单，一日三餐，五谷为养，有米、面吃就行。两个儿子都是菜农，可他又在自己的院里，种了一畦白菜，一畦萝卜，栽了一沟大葱。除了收拾菜畦子，天天坐在池边的石头上，看天上的鸽子，看水中的荷叶，有时也拿着工具到寺里去，负责清除那里的杂草、狗粪——这项劳动也在那四元钱当中。

他不爱说话，可是一开口，便有自己的思想，很有趣味的。中秋节前的一天晚上，我和所长去看他，见他一人坐在院里，很是寂寞，我说：

"老人家，买台电视看吧。"

"不买，太贵。"

"买台黑白的，黑白的便宜。"

"钱不够。"

"差多少，我们借给你。"

"不买。"他说，"那是玩具。钱凑手呢，买一台看看，那是我玩它；要是为了买它，借债还债，那就是它玩我了。"

我和所长都笑了，他也笑了。

那天晚上，月色很好，他的精神也很好，不住地说话。他记得那座寺院里当年有几尊罗汉、几尊菩萨，现在有几块石碑、几棵树木，甚至记得钟楼上面住着几窝鸽子。秋夜天凉，我让他去披件衣服。他刚走到屋门口，突然站住了，屏息一听，走到门外去，朝着钟楼一望两望，放声喊起来："喂——下来，那里玩不得呀，偏要上楼去，踩坏我一片瓦，饶不了你……"喊声未落，见一物状似狗，腾空一跃，从钟楼的瓦檐上跳到一户人家的屋顶上去了。我好奇怪，月色虽好，但是究竟隔着一个池塘呀，他怎么知道那野物上钟楼呢？他说他的眼睛好使，耳朵也好使，他说他有"功夫"。

我不知道这是一种什么"功夫"。他在池边坐久了，也许是那清风明月、水泽荷香，净了他一双眼睛、两只耳朵吧？

可是有一天，我忽然发现他死了。那是正月初三的上午，我到城外给父亲上坟的时候，看见一棵小树下，添了一个新坟头。坟头很小，坟前立了一块城砖，上写：杨莲池之墓。字很端正，像用白灰写的。我望着他的坟头，感到太突然了，心里想着他生前的一些好处，就从送给父亲的冥钱里，匀了一点儿，给他烧化了……

当天下午，我怀着沉痛的心情，想再看看他的院落。我一进门，不由吃了一惊——他的屋里充满了欢笑声。推门一看，只见几位白发老人，有的坐在炕上，有的蹲在地下，正听他讲养生的道理。他慢慢念着一首歌谣，他念一句，大家拍手附和一声："吃饭少一口。"

"对！"

"饭后百步走。"

"对！"

"心里无挂碍。"

"对！"

"老伴长得丑。"

老人们哈哈笑了，快乐如儿童。我傻了似的看着他说："你不是死了吗？"

老人们怔住了，他也怔住了。

"我在你的坟上，已烧过纸钱了！"

"哎呀，白让你破费了！"

他仰面笑了，笑得十分快活。他说那是去年冬天，他到城外拾柴火，看中那块地方了。那里僻静，树木也多，一朝合了眼睛，就想"住"到那里去。他见那里的坟头越来越多，怕没了自己的地方，就先堆了一个。老人们听了，扑哧笑了，一齐指着他，批判他："好啊，抢占'宅基地'！"

天暖了，他又在池边抱膝而坐，看天上的鸽子，看水中的小荷……

有人走近钟楼，他就喝喊一声：

"喂——不要上去，危险……"

他像一尊雕像、一首古诗，点缀着这里的风景，清凉着这里的空气。

清明节，我给父亲扫墓，发现他的"坟头"没有了，当天就去问他：

"你的'坟头'呢？"

"平了。"

"怎么又平了？"

"那也是个挂碍。"

他说，心里挂碍多了，就把"功夫"破了，工作就做不好了。

最美的艳遇

裘山山

　　十年前，有个年轻姑娘只身一人去了西藏。她在西藏跑了近三个月，几乎看遍了所有的高原美景，但离开西藏时，却带着一丝遗憾，因为藏在她心底的一个愿望没能实现，那就是，与一个西藏军人相遇，然后相爱，再然后，嫁给他。

　　西藏归来，家人和朋友都劝她不要再固执了，要实现那样的理想，不是有点儿搞笑吗？再说年龄也不小了，赶紧找个对象结婚吧。可她就是不甘心。不甘心。于是三年后，2000年的春天，她又一个人进藏了。

　　在拉萨车站，她遇见了一个年轻军官。年轻军官其貌不扬，黑黑瘦瘦的，是个中尉。他们上了同一趟车，坐在了同一排座位上。路上，她打开窗户想看风景，中尉不让她开，她赌气非要开。两个人就打起了拉锯战，几个回合之后，她妥协了，因为她开始头疼了，难受得不行。中尉说，看看，这就是你不听话的结果。这是西藏，不是你们老家，春天的风不能吹，你肯定是感冒了。她没力气还嘴了。中尉就拿药给她吃，拿水给她喝，还让她穿暖和了蒙上脑袋睡觉，一路上照顾着她。

　　他们就这么熟悉了。或者说，就这么遇上了。她三十岁，他二十七岁。

到了县城，中尉还要继续往前走，走到边境，他们分手了。分手时，彼此感到了不舍，于是互留了姓名和电话，表示要继续联系。

可是，当她回到内地，想与他联系时，却怎么也联系不上。她无数次地给他打电话，却一次也没打通过。因为他留的是部队电话，首先接通军线总机就很不容易，再转接到他所在的部队，再转接到他所在的连队，实在是关山重重啊。在尝试过若干次后，她终于放弃了。

而他，一次也没给她打过电话。虽然为了等他的电话，她从此没再换过手机号，而且一天二十四小时开着。但她的手机从来没响起过来自高原的铃声。

一晃又是三年。这三年，也不断有人给她介绍对象，也不断有小伙子求爱，可她始终是单身一人。她还在等。她不甘心。

三年后的 4 月 1 日这天，她的手机突然响起，铃声清脆，来自高原。她终于接到了他的电话。他说，你还记得我吗？她说，怎么不记得？他说，我也忘不了你。她问，那为什么这么长时间才来电话？他说，我没法给你打电话。今天我们部队的光缆终于开通了，终于可以直拨长途电话了，我第一个电话就是打给你的。她不说话了。他问，这几年你想过我吗？她答，经常想。他问，那你喜欢我吗？她答，三年前就喜欢了。他问，那可以嫁给我吗？她笑了，半开玩笑地说，可以啊，你到这里来嘛。他沉吟了一会儿说，好的，你给我四天时间，4 月 5 日，我准时到。

她把他的话告诉了女友。女友说，你别忘了今天是愚人节！他肯定在逗你呢。他在西藏边防，多远啊，怎么可能因为你的一句话就跑到这里来？再说，你们三年没见了啊。她一想，也是。但隐约地，还是在期待。

4月5日这天，铃声再次响起。他在电话里说，我在车站，你过来接我吧。她去了，见到了这个三年前在西藏偶遇的男人。她说，你真的来啦？我朋友说那天是愚人节，还担心你是开玩笑呢。他说，我们解放军不过愚人节。

她就把他带回了家。家人和朋友都大吃一惊，你真的要嫁给这个只见过一次的男人吗？你真的要嫁给这个在千里之外戍守边关的人吗？她说，他说话算话，我也要说话算话。

最后父亲发了话。父亲说，当兵的，我看可以。

他们就这样结婚了。

他三十岁，她三十三岁。

几乎所有人都不看好他们的婚姻，不看好这路上撞到的婚姻。但他们生活得非常幸福。这种幸福一直延续到四年后的今天。

当然，比之三年前，故事有了新的内容：他们有了一个来之不易的女儿。婚后很长时间她都没有孩子。为了怀上孩子，她专门跑到西藏探亲，一住一年。可还是没有。部队领导也替他们着急，让她丈夫回内地来住，一边休假一边养身体。一待半年，还是没有。去医院检查，也没查出什么问题。虽然没影响彼此感情，但多少有些遗憾。后来，丈夫因为身体不好，从西藏调回了内地，就调到了她所在城市的军分区。也许是因为心情放松了，也许是因为离开了高原，她忽然就怀上了孩子。这一年，她已经35岁。

怀孕后她反应非常厉害，呕吐，浮肿，最后住进了医院，每天靠输液维持生命。医生告诉她，她的身体不宜生孩子，有生命危险，最好尽快流产。但她舍不得，她说她丈夫太想要个孩子了，她一定要为他生一个。丈夫也劝她拿掉，她还是不肯。一天天地熬，终于坚持到了孩子出生。幸运的是孩子非常健康，是个漂亮的女孩。但她却因此得了严重的产后综合征，住了大半年的医院。出院后也一直在家养病，无法上班，也出不了门，孩子都是姐姐帮她带的。直到最近才好一些。

现在，她就坐在我对面，浅浅地笑着，给我讲她这十年的经历，讲她的梦想，她的邂逅，她的他，还有，他们的孩子。

她忽然说，今天就是我女儿一周岁的生日呢，就是今天，9月17日。一想到这个，我觉得很幸福。我现在最大的愿望，就是我们一家三口都健健康康的，守在一起过日子。

不知什么时候，我的眼里有了泪水。我不知说什么好，只能在心里默默地为他们祈福。他们有充足的理由幸福，因为他们有那么美好的相遇，那么长久的等待，那么坚定的结合。

我们都听过不少关于"艳遇"的故事，无非是只要过程不问结果的婚外恋、"一夜情"之类。可是，那些算什么艳遇呢？

可是，她和他，却不一样。

他们在世界最高处，最寒冷处，最寂寞处，有了一次温暖的美丽的刻骨铭心的相遇。这样的相遇，才是世上最美的艳遇。

名 医

张 炜

有一段时间我立志要做医生，而且很快觉得自己是一个医生了。这事起因比较复杂，虽然能找到具体的缘由，但说实话，我觉得自己天生就该是个医生。

一个人要做什么，一般都因为受了别人的影响。我生病的时候妈妈就带我去看病，最常去的当然是园艺场门诊部。可是有时候怎么也治不好，比如咳个不停、皮肤上生了发痒的红疙瘩等，妈妈就会领我过河，去河西一个大村子里找一位名医。

名医的名字很怪，不像人名，叫"由由夺"。大家都这样叫，也就没人觉得不对。后来我独自揣摩他的名字，觉得奇怪。也许只有名医才配有这样的怪名吧。反正"由由夺"是海边最有名的医生，他绝不像园艺场门诊部那样量体温、打针，给一包包的药片，而是用另一种方法。妈妈说："这就是'中医'。"

"由由夺"总是先让我伸出舌头，看一会儿，又让我伸出胳膊，用三根手指按住手腕。我趁这工夫看清了他的手：指甲圆鼓鼓的，比一般人长，但是很干净。我相信自己的全部秘密都被这只手给探去了，什么也别想瞒过他。

我们从这儿取走一小袋粉末、一瓶黑乎乎的药水，还有三包草药。看着妈妈欢天喜地的样子，我知道自己的病好了。

回家后按"由由夺"的叮嘱吃药擦药，第一天好了一半，第二天全好了，第三天好上加好。这不是名医又是什么？这个神奇的人就在河西，是谁也不能怀疑的事实。

我大约被"由由夺"治好了十几次病。

外祖母由河西名医说到了另一个人，他就是过世的外祖父。外祖母不太说他，因为害怕自己想得厉害，就使劲压到心底。可是这次她实在忍不住了，说："要是你外祖父在多好，他是远近闻名的名医啊，这点儿小病对他不算什么，唉！你外祖父……"

妈妈也叹息，说："咱家没人接下他的手艺，真是……"

妈妈抹起了眼睛，外祖母没有。外祖母很少掉泪——妈妈说外祖母"眼硬"。

就在那些日子里，我认为自己应该是一个医生。我暗暗思考这个问题，并没有告诉家里人。奇怪的是，我最先想到的不是找人拜师，不是学习医书，而是觉得自己差不多已经是个医生了。

我思考了五六天，然后就决定当一个医生。从此以后，我就以医生的眼光看待周围的一切，也以一个医生的身份要求自己了。我对所有生病的人都特别关心，不止一次陪感冒的同学去门诊部。我对他们说："得病了最好找名医，实在不行了就去河西。"

"由由夺"这个名字不少人知道。我发现园艺场和村子的人也去河西。我对同学们说："我其实就是一个医生，不过不想告诉别人，也希望你们为我保密。"他们瞪大了眼睛。我们一起到林子深处，在一块隐蔽的空地上谈论秘密。他们最急于知道事情的来龙去脉，因为从我严肃的表情上看，这绝对不是玩笑。

我直率地告诉他们，我的外祖父就是一位名医。

"啊，原来是这样！那后来又怎么了？""二九"恍然大悟地问。

"后来？"我抿抿嘴，"后来我也做了医生。"

"可是没见你给人看过病呀！"旁边的同学像是焦急，又像是埋怨。

我眯上眼睛看看远处，点点头说："会的。"我接着给他们一一号了脉，又看了舌苔。"我有什么病啊？"他们胆怯地问。我说："还没有很重的病，不过以后也许会有的，发烧、咳嗽，这些总会有的。"他们张大了嘴巴看着我，问："那怎么办？你会治吗？"我摇头又点头："当然会。不过在我上学这一段，他们是不会让我开药的。我给你们看了，你们还得去门诊部拿药。"

同学们很是惋惜。

我再次嘱咐他们为我保密，大家就分手了。

我自制了一个小药箱，把家里所有的药片、碘酒和紫药水之类的都装进去。我上次得病没有喝完的一小包草药也收在了里面。"由由夺"用来抹皮肤的黑药水很像某种草木烧成的，这就是草药。我把自己最喜欢的几种野花晒干，研成了粉末，又把一些根茎烧成了灰，分别装在了小瓶中。

有一天我的食指被蜂子蜇了一下，又痛又痒，就用自制的药水抹了，两天之后手指好多了。这使我信心倍增。还有一天我的脚被碰痛了，照例也抹上药水，结果当天就不痛了。我觉得自己的医生生涯就这样开始了，于是去林子里总是不忘背上药箱。

　　大家被荆棘扎了、不小心碰了哪儿，过去都不会在乎，现在就不同了，有了医生，自然个个都变得娇气了。"黑汉腿"也许是故意的，刚玩了一会儿就被槐刺扎破了手，一边大叫一边跑过来上药包扎。另有一个女同学被百刺毛虫蜇过，差不多要哭了。我安慰她，号过脉看过舌苔，用野花根烧成的炭水给她细细地搽了三遍。她马上笑了，说："这药真管用。"

　　世上的事情就是这样，越是需要保密的事情越是容易走漏。就在一切顺利的时候，麻烦事就来了。先是外祖母把我的药箱没收了，接着又是父亲不无严厉的训斥。他说："胡闹。这是乱来的吗？"我心里的委屈太大了，但又觉得一时说不清。我只想对父亲大声说明：我已经是个医生了。

　　最让人难堪的是后来班主任找我谈话了。她说："咱们谈谈你当医生的事吧……有这种志向是好的，但这要毕业以后，要经过专门的培养。你先把功课学好吧。"

　　就这样，一位名医被扼杀在了摇篮之中。

莜麦秸窝里

曹乃谦

天底下静悄悄的。月婆照得场面白花花的。在莜麦秸垛朝着月婆的那一面，他和她给自己做了一个窝。

"你进。"

"你进。"

"要不一起进。"

他和她一起往窝里钻，把窝给钻塌了。莜麦秸轻轻地散了架，埋住了他和她。

他张开粗胳膊往起顶。

"管它。这样挺好的。不是？"她圪缩在他的怀里说。

"是。"

"丑哥保险可恨我。"

"不恨。窑黑子比我有钱。"

"有钱我也不花。悄悄儿攒上给丑哥娶女人。"

"我不要。"

"我要攒。"

"我不要。"

"你要要。"

他听她快哭啦，就不言语了。

"丑哥。"半天她又说。

"嗯？"

"丑哥唬儿我一个。"

"甭这样。"

"要这样。"

"今儿我没心思。"

"要这样。"

他听她又快哭啦，就一低头在她脸上亲了一下。绵绵的，软软的。

"错了，是这儿。"她努着嘴巴说。

他又在她的嘴唇上亲了一下。凉凉的，湿湿的。

"啥味儿？"

"啥啥味儿？"

"我，嘴。"

"莜面味儿。"

"不对不对。要不你再试试看。"她探胳膊扳下他的头说。

他又亲了她一下，说："还是莜面味儿。"

"胡说去哇。刚才我专吃过冰糖。要不你再试试看。"她又往下扳他的头。

"冰糖。冰糖。"他忙忙地说。

老半天，他们谁也没言语。

"丑哥。"

"……"

"丑哥。"

"嗯？"

"要不……要不今儿我就先跟你做那个啥哇。"

"甭！甭！月婆在外前，这样做是不可以的。咱温家窑的姑娘是不可以这样的。"

"嗯。那就等以后。我从矿上回来。"

"……"

又是老半天，他们谁也没言语。只听见月婆在外面的走路声和叹息声。

"丑哥。"

"嗯？"

"这是命。"

"……"

"咱俩命不好。"

"我不好。你好。"

"不好。"

"你好。"

"不好。"

"好。"

"就不好，就……不……"

他听她真的哭了，他也给滚下了热的泪蛋蛋，"扑腾,扑腾"滴在了她的脸蛋蛋上。

钟　情

周洁茹

　　大卫第一眼见到露西就爱上了她，一见钟情，如果这世间真有一见钟情的话。

　　也不是因为露西有多美，只是露西笑起来的时候，眉眼弯弯，嘴角都带着笑，像是前世里就见过似的。

　　自从接新生接到了露西，大卫再也没空替学妹们修电脑了，周末也不带学妹们去中国店买菜顺便看场电影了，大卫的心思全在露西的身上，大卫是真的想跟露西谈朋友，大卫是认真的。

　　只是露西总是淡淡的，大卫的示好，都像是看不到。

　　大卫四处打听了一下，都说露西没有男朋友，国内的也没有。大卫便加快了追求的脚步。可是都得不到露西的回应，露西像是不认识他一样，明明接机的时候又是多看了他两眼的，他把她的行李送去宿舍的楼下，她也是说了感谢的话，虽然她致谢的样子也很淡，谢谢啊三个字，在大卫听来，无疑是天籁。

　　镇上只有一间小杂货店，东西既贵又少，店主傲慢，中国学生几乎不去那儿。只有露西常去那家店买东西，露西不会开车，也没有人载她去中国店。露西不像其他的姑娘，一个电话，把男生们支使来支使去。露西总是在傍晚的时候，一个人去，再一个人走回来，抱着大纸袋，里面装着罐头或者芹菜。

一个陷入爱里的男生会为了爱情做什么？谁也不知道。上届有个师兄听说国内的女朋友变了心，走去厨房拎了一把菜刀就去搭飞机，然后被机场保安按在了地上。这个段子，每一届中国学生都当笑话来讲。

大卫不想成为笑话，从小就聪明透顶的大卫，小学到大学总是班长学生会主席的大卫，竟然也为了一个新生女孩，每个傍晚都去小杂货店转悠，傻傻地，顾不上店主的眼白直直地白过来。

大卫终于等到露西，提出帮她拎纸袋，被拒绝。

然后是第二次，被拒绝。

然后是第三次。

露西我喜欢你，大卫说。

我不喜欢你，露西说。露西抱着她的纸袋，这次是一捆胡萝卜。

大卫说为什么？为什么不喜欢我？我这么这么喜欢你。大卫其实长得不错，大卫也从来没有失败过，无论是学业上还是情感上。

露西竟然笑了一下，眉眼弯弯，大卫整个人都乱了。

露西说，你喜欢我什么？

小杂货店的街旁，一棵树下，天色有些暗了，树叶的阴影印在露西的脸上，美丽极了的黄昏，又说不出来的伤感。

你为什么喜欢我？露西又说，你凭什么喜欢我？

就是喜欢。大卫说，第一眼，就是喜欢，全是喜欢。

露西说，我美吗？

美。大卫说，我眼里，你是全世界最美的女孩。

露西说，我聪明吗？

聪明。大卫说，我眼里，你是全世界最聪明的女孩。

露西又笑了一下，暖暖的水汽浮上了眼帘。露西说，小学五年级的时候，我近视了，可是我不知道近视是什么，我看不清楚黑板，也做不了功课。班长就说你好蠢，班长说你蠢，全班就说你蠢，我每天早上都害怕上学，怕到呕吐。我戴上了眼镜，我是全班第一个也是唯一一个戴眼镜的，班长叫我四眼妹，全班就叫我四眼妹，我睡前都哭，因为梦里全是四眼妹的声音。家里人把我转去了另一间学校，我仍然自卑又绝望，我总是一个人，走路埋着头。我的整个少女时代，我都以为自己是全世界最丑最笨的女孩。

大卫望着露西，大卫的心都要碎了。

露西停顿了一下，说，第一眼见到你，我就认出来是你，我永远不会忘记你的脸的。班长，你还好吧。

人 面 橘

李佩甫

　　那时老徐年轻，在市文教局做事，很体面。老徐的女人在工厂上班，富态。老徐嫌女人胖，想跟女人离婚，女人就是不离。于是老徐经常打女人，还罚女人下跪。女人很怕老徐，跪就跪，就是不离。有时，已到下半夜了，邻居们夜起，看见老徐屋里灯亮着，探头一看，老徐女人还在灯下跪着。邻人就喊："老徐，老徐，算了……"老徐醒了，从床上坐起，揉揉眼，没好气地说："起来吧。"女人这才起来，洗洗，和老徐一起睡。那时，整个文教局才三五个人，一二局长，两三干事，统管文化、教育、卫生，权力很大。

　　老徐分管文化，管着市里的电影院、剧院、剧团和图书馆。所以，剧团的女演员们很热乎老徐，见了老徐哆哆的。不过，老徐谨慎，并不曾有舆论出来。由于谨慎，就带来很多压抑。老徐一回家就苦着脸，对女人打得越发仔细。越打，女人越坚韧；越打，女人越适应；越打，女人侍候得越周到，端茶递水、洗衣做饭，接着就有孩子生出来了……这就像做活儿一样，做着做着就没了兴致。老徐很无奈。渐渐，老徐也断了念想，只是隔三岔五地偷偷嘴罢了。在文教局，老徐要做的事情并不多，也就是开开会、传达传达上头精神什么的。余下的一大片日子，喝喝茶，看看报，打打瞌睡，很无趣。当然也有重要的工作，譬如逢年过节分发戏票、电影票。每逢过节的时候，好票由文教局统管，也就是由老徐统管。这时，老徐就显得非常滋润。在大街上，每走上三五步，就有人亲热地跟老徐打招呼。市直机关的干部见了老徐就像见了爷一样，亲切得让老徐感动。

　　老徐的中山装有六个兜，外边四个，里边两个。票也分为六种，一个兜里装一种。一等一的好票是给市委领导的，那要送到家里。一等二的好票是给直属领导的，分场合送。余下的就看关系了……于是每到过节，男男女女都围着老徐转。老徐很有面子。人一有面子就有了些身份，老徐走路的时候，中山装就架起来了。接触领导多了，老徐就产生了想当局长的念头。在这方面，女人跟他空前一致。每逢过节，夫妻双双到领导家，不但送票，也送礼。这时，女人打扮出来，也算有几分颜色，手儿肉肉的，甜甜地对领导笑。领导轻轻拍着老徐女人的肉手，眼望着老徐，说些很含蓄的话："好好干吧，啊……"回到家，两人会温存一小会儿。对女人，老徐打还是要打的，不过不常打。日子很碎。而耐心就像水一样，流着流着就干了。这中间似有很多机会，文化、教育分家一次；局长调走一次；一次又一次，老徐每次都有希望，可每次当希望来临的时候，又都黄了。老徐很生气，一生气就打女人。女人绵羊似的，把肉摊开，任老徐打。打归打，送票送礼依然持之以恒。在这中间，女人悄没声地把关系办到了剧院，成了老徐的下属。

　　老徐不问。可女人又悄没声地成了剧院管票的。自此，老徐再不去送票了，送票的事交给了女人。女人每次送票回来都捎一些话给老徐，使老徐看到希望的亮光。比如，刘书记说："老徐该解决了，年数委实不少了。"可事情呢，却常常出现意外。有些领导，送着送着，人调走了，一切又得重新开始。终于有一日，冯书记把老徐叫去，亲切地说："老徐，该解决了。组织上已经研究了。老同志了，就留在局里吧……"老徐自然说些感激的话。回家路上，心里像扇儿扇。似乎三五日，任命就下来了。局里人见了老徐，也都喊徐局长。老徐笑笑，算是默认。这时的老徐已算是有资历、有肚子，态势早厚了，缺的是一张薄纸。然而，就在任命要下的那天，老徐出了事情。那天下午，纪委的人先一步来了，纪委的人关上门跟老徐谈了半日，出门的时候，老徐像傻了一样……七天之后，老徐被抓进了监狱。是局里有人把老徐告了。老徐前一段抓过平反落实政策的事，自然有不少人上门求他。一查，就查出了受贿的事，落实下来，数目可不小，一下子就判了七年。

老徐没有住够七年。他是一年半之后被女人接回来的。老徐在监狱里得了脑血栓，老徐瘫痪了。老徐回来的时候连话都不会说，半边身子像木了一样，成了个"半死人"。开初女人对他还好，也给他治过两次。女人这会儿已当上了剧院经理，忙，也没那么多的耐心了。女人想跟老徐离婚。可和一个不会说话的"半死人"怎么离婚？女人就说，你死吧。于是常常三两天不给他饭吃……老徐在床上躺着，不会说话，眼睁睁地看着女人。女人下班回来，第一件事就是赏他一口唾沫！唾沫吐在老徐的脸上，老徐也不擦，他擦不了。于是有一层层的唾沫摞在脸上……孩子们开始还可怜老徐，隔三岔五给他端碗饭。日子久了，看他一身屎一身尿的，嫌脏，也烦了。于是就把老徐弄到一个人们看不到的小屋里，想起了，给他碗饭，想不起就让他饿着。女人还是坚持不懈地每天赏他一口唾沫！有时恨了，就呸呸呸吐两三口，说："你咋还不死呢？"老徐活得很有韧性，怎么也不死，每日里静睁着一双眼。时间长了，老徐躺着的小黑屋里臭烘烘的，一推门就能看到一片白花花的亮光，那是干了的唾沫。

有一日，老徐的女人端着半碗剩饭给老徐，嘴里还嚼着一瓣橘子，一推门闻到一股子臭气，便呸一口把嚼了一半的橘子吐到了老徐脸上，连核儿带梗儿黏糊糊的一片……不料，没几日，老徐脸上长出了一棵嫩芽儿。那芽儿慢慢长，慢慢长，竟然长成了一棵小树，那是一棵小橘树，叶儿七八片，绿油油的……半年后，老徐脸上的橘树结了一个小金橘，先绿，渐渐鹅黄……不知怎的，这事儿竟被本市一个搞盆景的知道了。经多处察访找到了老徐家，非要看看。老徐家人自然不让。此人倒有个缠劲儿，硬是在门前转悠了三天，瞅个人不注意的时候，进了那小黑屋。一看，惊得这人倒吸了一口气……第二日，此人专程来找老徐的女人，说要买那棵橘树，张口就给十万元。女人愣了，心里湿湿的。女人问："你给十万？"那人说："十万，不过，有个条件，我要活的，得带土……"女人不解："带土？培点儿土不就行了。"那人解释说："这棵橘树主贵处就在这里。它是血肉喂出来的。你把它拔下来它就死了，必须带血带肉……你考虑考虑吧。"老徐的女人一怔，那人扔下五千块钱，说这是订钱。说完站起走了……三日后，那人又来。看了，两眼放光，说："那根须已扎进血管里，缠在了脑骨上，光带血肉取怕是不行了……不过，如果带头卖，可值百万。主贵就在一棵橘树长在骷髅上……"家人商量半日，终怕落下罪孽，不敢下手。老徐女人还专门到法院去问，说已是植物人了，可不可让他早走？法院的人答复，目前法律还没有这条规定……也只好等着。

老徐竟然不死，依旧睁着两眼，那棵橘树慢慢长着，结下的小金橘红艳无比……

桥

谈 歌

　　黎明的时候，雨突然大了。像泼。像倒。

　　山洪咆哮着，像一群受惊的野马，从山谷里疯狂奔出来，势不可当。

　　工地惊醒了。人们翻身下床，却一脚踩进水里。是谁惊慌地喊了一嗓子，一百多号人你拥我挤地向南跑。但，两尺多高的洪水已经开始在路面上跳舞。人们又疯了似的折回来。

　　东西没有路。只有北面那座窄窄的木桥。

　　死亡在洪水的狞笑声中逼近。

　　人们跌跌撞撞地向那木桥拥去。

　　木桥前，没腿深的水里，站着他们的党支部书记——一个不久就要退休的老汉。

　　老汉清瘦的脸上流着雨水。他不说话，盯着乱哄哄的人们。像一座山。

　　人们停住脚，望着老汉。

　　老汉沙哑地喊话："桥窄。排成一队，不要挤。党员排在后边。"

　　人群里喊出一嗓子："党员也是人。"

有人响应："这不是拍电影。"

老汉冷冷地："可以退党，到我这儿报名。"

竟没人再喊，一百多人很快排成队伍，依次从老汉身边跑上木桥。

水渐渐蹿上来，放肆地舔着人们的腰。

老汉突然劈手从队伍里拖出一个小伙子，骂道："你他妈的还是个党员吗？你最后一个走！"老汉凶得像只豹子。

小伙子狠狠地瞪了老汉一眼，站到一边。

队伍秩序井然。

木桥开始发抖，开始痛苦地呻吟。

水，爬上了老汉的胸膛。终于，只剩下了他和那小伙子。

小伙子竟来推他："你先走。"

老汉吼道："少废话，快走！"他用力把小伙子推上木桥。

突然，那木桥轰地塌了。小伙子被吞没了。

老汉似乎要喊什么，但，一个浪头也吞没了他。

白茫茫的世界。

五天以后，洪水退了。

一个老太太，被人搀扶着，来这里祭奠。

她来祭奠两个人。

她丈夫和她的儿子。

桐花开

非 鱼

　　大清早，太阳刚刚升起，薄雾还没有完全散去，麦秸垛上有潮润的水汽，草尖上挂着细碎的露珠。偶尔能听见一声绵长的牛叫，或者几声清脆的画眉叫，间或有风箱发出慵懒的"咚——啪——"声。

　　刚刚经历过忙碌的秋收秋种，整个村庄沉浸在一种带着凉意的闲适和静默中。打破这种宁静的是武他娘。

　　有人刚端上酸滚水，有人已经吃完上了崖头，蹲在碌碡上吸烟。武他娘忽闪着袄襟从后沟一路出来，站到场院边那块小高地上，手掌在屁股上一拍，骂人的话张嘴就来。

　　"哪个绝户的你出来，看我不撕烂你一家的嘴，打断你家老母猪的腿。"

　　听了这句，就知道武他娘的咒骂对象并不确定。这样，各家各户的男人女人都放了心，揣着一种轻松愉快的心情，喝完碗里的酸滚水，刷了锅，洗了碗，用洗锅水拌了猪食喂完猪，再给鸡扔一把玉米粒，悠然地走上崖头，找一个合适的位置，或站或蹲或坐。勤快的女人手里还拿着鞋底，耳朵不闲，手也不闲，看热闹。

武他娘刚嫁到观头村的时候，还叫桐花，扎着两根瓷实的大辫子，腰肢细软，圆盘大脸，像刚出锅的白蒸馍一样暄腾，谁见了都说是村里的"人样子"。

武他爹叫胜。胜长得膀大腰圆，从崖头上经过，咚咚咚，脚是一下一下砸在地面上，在窑里都听得真真的。胜有一把子力气，干活儿也不惜力，小日子就过得如油和面般滋腻。

武刚满三岁那年，他妹妹酸枣还在桐花的肚子里，胜去县里修水库，在山洼撒尿的时候，一块碗大的石头掉落下来，正好砸在头上，他连喊都没来得及喊一声，就悄没声地走了。

胜走了以后，桐花挺着大肚子去找村里，找公社，找县里，想给胜讨个说法。找来找去，说法没找来，酸枣降生了。等把酸枣养到三四岁，公社和县里领导又换了，关于胜的问题更成了陈年往事，没人管了。

桐花慢慢变成了村里人嘴里的"武他娘"，不再是那个雪白暄腾的"人样子"，像一颗被忘在枝头的红枣，一天天失了水分，瘦巴巴黄蜡蜡的。样子变了，脾气性格也变了。以前的桐花性缓，一说一笑。现在的武他娘寡情刻薄，什么都计较，一点儿亏不吃。小孩子们一起玩，武和酸枣被别人碰一下，磕了摔了，她拉着孩子站在人家崖头上骂半天。为一根柴火棒，她能把西窑的弟媳妇吵得哭回娘家。刚开始，村里人念起一个寡妇家拉扯两个孩子不容易，都让着她，年龄大的婶子们还劝一劝。后来，她越来越张狂，什么鸡毛蒜皮的事都要骂东骂西，花样不断翻新，也越来越难听，村里人就由了她，当戏看了。

武他娘已经坐到了地上，伸长了腿，连咒骂带吟唱，从胜的死说起，说到都欺负他们孤儿寡母；说到有人黑心烂肝，揪了她崖头上菜地的秋黄瓜；说到有人把猪放出来，拱了她的番瓜秧。

"欠吃的，吃了我的黄瓜，一家烂心烂肝烂肠子……别让我打听出来是谁，打听出来我挖烂你的脸，撕烂你的嘴。"

半晌过去了，看热闹的人来来去去，纳鞋底的媳妇绳子用完了，回家取了绳子又来了，有小孩子拱在娘怀里有一搭没一搭地嘬着奶。

这时，铁匠来了。

铁匠刚从山上搬下来不久。媳妇害病死了，他一个人领个六七岁的小丫头，在后沟找了一眼窑住下，靠打铁锨饭铲子啥的过活。

铁匠和胜长得像，都是大个儿紫红脸，都不爱说话，有一身力气。

小丫头听见吆喝，要看热闹。铁匠不知就里，领着孩子来到场院，离老远就听见武他娘在骂人，忙拉了小丫头要回。小丫头看见人多，死活不走，还不停地往人堆里挤。铁匠跟着小丫头，一下就挤到了武他娘跟前。

武他娘正唾沫星子乱飞，一眼看见铁匠，愣了一下。真像胜啊！她心里一哆嗦，嘴里也降了声调。

铁匠看她一眼，出于对这个村里人的礼貌，笑了一下。武他娘心里又哆嗦了一下。胜也是这样憨乎乎的，咧开嘴，笑一下，很快，像笑错了似的，匆匆忙忙收回去。

酸枣在拽她袄袖："娘，我饿。"

武他娘看一眼铁匠，站起来拍拍屁股上的土，眼一红，拉了酸枣："回。"

回到家，她无心给武和酸枣做饭，脑子里全是胜。她趴在炕上哇哇大哭，哭着骂着胜。她不知道怎么把日子过成了这样，怎么就成了全村人的笑话。

村里人同时看见铁匠和武他娘，似乎才想起来铁匠是没了媳妇，武他娘没了男人。

没过几天，媒婆五姑先去了铁匠家，后来又去了武家，三两趟跑下来，就成了。

据五姑说，铁匠就说了一句："没人靠依的女人才自己强出头。"

武他娘也说了一句："胜不在，我把人过成鬼了。"

两家并成了一家，三个孩子在院子里玩得高兴，铁匠看着坐在炕边的武他娘，问："往后，我叫你啥？"

武她娘心里软成了一摊泥，脸上淌着两行泪："桐花。"

神 女 峰

戴 涛

某一天，我与朋友上街，忽然见大大小小的旅行社门口挂出了同样的招牌："你想最后一睹三峡的风光吗？请快参加告别三峡游！"于是朋友问我，你去过三峡吗？我说，去过。朋友又问我，怎么样，可以讲讲吗？

我说，讲讲就讲讲。

那是好几年前的事了，那时我刚到检察院一年。一天领导把我叫了去，说，公安局移送了一件抢劫案，抓了三个男的，还有一个女的，叫浦英，回四川了，你与公安人员到四川跑一趟，把她带回来。领导又说，别看这女的不是主犯，可有了她的口供，这案子就好办了。

第二天，我和公安局的两名侦查员出发了。公安去的是一老一少：老的姓常，五十来岁，是个干了三十年公安的老家伙；少的姓钱，刚从警校毕业的黄毛丫头。两个多小时后我们已到了重庆，然后坐八个小时的长途汽车，我们抵达了浦英居住的小镇。当地的民警把我们领过去，指指一个正在刷墙的二十多岁女子说，就是她。我们就向她出示了逮捕证，浦英好像知道我们要来似的，也没大哭小叫的，到里屋拿了几件衣服就跟我们走了。路上我问她，刷墙干吗？她说，想开个小饭店。

目标抓到了，该回上海了。老常说，回去不能坐飞机了，飞机上不让带犯人。我便问老常，你到过三峡吗？因为在出来前我就研究过地图，这一路上最好玩的地方便是三峡。老常说，没到过。

我赶紧建议说，回去我们坐轮船怎么样？顺便还能看看三峡。

老常犹豫了一下，说，也好。

可当我们登船时却遇到了麻烦，检票员一听说我们带了犯人，立刻精神高度紧张，说你们带着犯人怎么可以和旅客坐在一起呢，出了事谁负责？

我们只得退到一边，老常将浦英的手铐摘了，叫小钱牵着她的手，换了一个检票口，这次我们顺利登了船。在船舱里安顿好行李，老常悄悄对我说，我们不能再给浦英上铐了，不然准麻烦。

我问，不会有什么问题吧？

老常说，只要她的精神放松，不跳江就成。

为了使浦英放松，我便跟老常、小钱轮番上阵，晓之以法，动之以情，将"坦白从宽、抗拒从严"八个字解释得极透彻极有感染力。浦英终于被感动了，说，我一定走坦白从宽的路。

第二天早晨，甲板上人声喧嚷，一问才知船已至三峡。我们都想出去看三峡，可将浦英一个人放在舱里不妥，于是就将浦英也带到了甲板上。

三峡真不愧是闻名遐迩的游览胜地，激流险滩，峡谷青山，还有种种美丽的传说，都在这里融汇……我连忙打开了照相机，给老常、小钱照相，老常也打开相机为我照……

看完了三峡，这一路上便没有什么精彩的镜头了，我们就整天待在船舱里。

回到上海，为了想表现自己的办事效率和能力，我决定连夜讯问浦英，做一份浦英交代的详细材料给领导看。

走进讯问室，我的心情非常轻松。浦英，你把参加抢劫犯罪的经过说一遍。我的语气是非常温和的。

浦英看了我一眼，低下头去一声不吭。

我把刚才的话又重复了一遍，嗓门自然也提高了一些，浦英头也没抬，还是沉默。

这下我有些火了，浦英，你为什么不说话？你不是在船上说好要争取宽大，难道你不想早一点回家吗？

浦英依然沉默。

我终于没了招，无奈之中只能打电话向老常求救了。老常慢条斯理地对我说，别急，过两天我去审审看。

两天后，老常送来一份浦英的亲笔供词，整整九页纸。

咦，你是怎么使浦英交代的？我非常吃惊。

老常不肯说。可我逼他非说不可，老常便从公文包里拿出一张照片给我看，想不到竟是浦英在船上的照片，背景是三峡的神女峰。

在亲爱的人与一头猪之间

王奎山

一九八二年我读大四。那一年的春节，我领着徐美红一起回乡下过年。徐美红的爸爸当时是我们省财政厅厅长。一个厅长的千金，能看上我这么一个乡下娃，都是因为我有三篇论文上过我们学校的学报。

徐美红的到来，简直等于在我们那个村子里刮了一场十二级的台风。女人们孩子们都挤到我家的院子里来看稀奇。先来的还没有出去，后到的又挤了进来。母亲端着一瓢水果糖，挨个儿地往人们的手里发，大人两颗，小孩一颗。小孩接到手里见是一颗，就不愿意，大声地嚷嚷。母亲一时没了主意，干脆抓起瓢里的糖往空中撒了起来。这一撒不当紧，大人抢，小孩夺，一时间，院子里热闹成了一锅粥。男人们到底矜持一些，远远地站在那里看，议论。父亲拿着香烟，满面春风地上前挨个儿地给人家敬。大家也不客气，会吸的，当场就点着吸了起来，不会吸的，就夹在耳朵上。 这是刚到家那天的事。此后的几天里，家里也是人来人往像赶集一样，从来没个冷清的时候。母亲高兴地说，咱老王家几十年都没有这样热闹过了。听母亲如此说，父亲点点头，说，那是哩，那是哩。

　　直到年三十下午了，家里才算清静起来。母亲麻利地剁好饺子馅儿，妹妹和好面，和父亲三个人包起饺子来。我要插手，母亲说，看你的书去吧，俺三个就行了。徐美红也表示要下手，被母亲坚决地拒绝了。于是，我就躺到厨房一角父亲平时睡觉的地铺上看书。徐美红也找了一本闲书，懒懒地靠在我的身上看。这中间，徐美红还上了一趟厕所。

　　黄昏时候，饺子包完了。父亲拍拍手上的面，点着一支烟吸起来。妹妹那时才十五六岁，还像个孩子一样，说，呀，憋死我了。说着话，就往厕所里跑。妹妹刚刚解完手，就大惊小怪地说，猪跑哪里去啦？咱的猪跑哪里去啦？妹妹这一喊，父亲母亲都慌了，都忙着往厕所里看，厕所里空空如也，哪里还有猪的影子。我们这里，厕所和猪圈是在一起的。

　　突然，妹妹像是想起什么似的，大声说，俺嫂中间上厕所了，肯定是出来的时候忘记拴栅栏门了。这是极有可能的事。一到乡下，徐美红就暗中朝我抱怨，啥都好，就是解手太恐怖了，身边那么大个东西朝你虎视眈眈的，吓死人了。在那种恐怖的气氛中解手，完了之后匆匆忙忙离开厕所，忘记拴栅栏门，以至让猪逃了出去，这是极有可能的事。妹妹年纪小，不懂事，妹妹那样子说，明摆着是把责任往徐美红身上推。母亲忙给徐美红打圆场，批评妹妹说，你胡说个啥，你嫂出来咋会忘了拴栅栏门！徐美红也是个实心人，也不知道推卸责任，说，我也忘记拴没拴栅栏门了。父亲宽厚地笑笑，说，没事，我出去找找看，二百多斤个大肥猪，还能丢了？说罢，父亲就出去找猪去了。父亲走了一会儿，妹妹也说，反正没事，我也出去找找。

　　天黑透了，四周传来了劈劈啪啪的鞭炮声，别人家都在烧纸过大年哩，我们家却连灯都没有点，五口人有两口还不知在什么地方奔波呢。

终于，父亲回来了。停了一会儿，妹妹也回来了。自然都没有找到。父亲把手一挥，朝母亲说，烧火吧，不能因为丢了一头猪，就连年也不过了，该咋过还咋过。父亲还特意朝我和徐美红笑笑，说，丢不了，一头二百多斤的大肥猪，往远处跑，它又跑不动，肯定在这附近。我明天再找，保准找得到。

话是这样说，但一家人谁心里也无法轻松下来。特别是徐美红，因为整个事件是因她的粗心大意而造成的，所以更显得心事重重的样子，饺子吃了没几个，就丢下饭碗早早地上床歇息去了。

第二天一大早，父亲就出发找猪去了。然后妹妹也出去了。母亲说，反正我在家也是闲着，我也出去，多一个人总比少一个人强。这样，家里就剩下我和徐美红两个人了。我想起母亲的话，"多一个人总比少一个人强"，就征求徐美红的意见，要不我也出去找？徐美红说，谁不让你出去了？我有些尴尬地笑笑，走过去拍了拍徐美红的脑袋，也出去找猪去了。在那样一种特定的情况下，在亲爱的人与一头猪之间，我只能选择一头猪。我希望徐美红能理解这一点。

一直找到中午，连根猪毛也没有找到，我垂头丧气地往回走。刚进村，就见妹妹远远地迎了上来。一看到妹妹脸上灿烂的笑容，我就知道猪找到了。果然，是父亲在附近的崔庄找到的。原来，头天下午猪跑到人家的包产地里吃麦苗，被人家赶到自家的猪圈里圈了起来。父亲给人家买了两盒烟，才把猪领回来的。回到家里，父亲母亲都是一脸的欢笑。

突然，妹妹发现了一个新情况，说，哎，我嫂哩？又问我，哥，我嫂不是跟你一块儿出去找猪了吗？我说，没有呀，我是一个人出去的。母亲忽然想起了什么，像个孩子一样"哇"地哭了起来。母亲一哭，本来就是个孩子的妹妹也随着哭了起来。父亲眼圈也红红的，对我说，我马上去借车子，你赶紧到火车站去。

很显然，徐美红是觉得我把她看得还没有一头猪重要。

捉迷藏

石舒清

　　兄妹俩在捉迷藏。哥哥阿丹负责把自己藏起来，妹妹朵朵是负责找。先前的几回都比较容易地找到了，朵朵有些不高兴，觉得玩起来意思不大，就跟阿丹说："你再不好好藏我就不找你了。"所以这一次阿丹选择把自己藏在套房里的那只老木箱里。箱子很结实，正面有图案，是几只鹿羔仰头吃树上的叶子。垂下来的一些树叶子鹿羔一仰头可以方便吃到。但是木箱看起来老得不成样子了。老木箱样式特别，不够宽，却有些高，比已满六岁的阿丹还要高出一些来。阿丹在这箱子上练习着往下跳过，爬上去跳下来，爬上去跳下来，朵朵在一边只能看着，时时为阿丹的表演所惊讶。她爬不了那么高，就算爬上去，也不敢跳下来。那天阿丹跑进套房里来，看藏在哪里为好，他一眼就看到了这箱子。箱子打开着，像一只羝羊头被掰得大张着嘴。这箱子几乎从中间一分为二，它的盖子就占了整个身子的一小半。阿丹跑进套间，看到这打开着的箱子，里面空空的，好像召唤着阿丹藏到它里面去，好像那里是一个再好不过的藏身之处了。连犹豫也不必，阿丹就藏到箱子里去。他先是用手撑着让箱盖落在头上，然后身子一点点矮下去、矮下去，让箱盖子几乎都要关住了。里面很黑，而且有一种很是辛辣的古旧味道。阿丹听到满箱子都是自己的呼吸声。"藏好了吗？"隐隐听到朵朵喊问的声音。阿丹说："藏好了。"这是捉迷藏的一个规矩，负责捉的人首先要问清楚，看对方藏好了没有，没藏好是不能去捉的。等对方回话说藏好了，这才可以去寻找、去捉活的。没有规矩是玩不了什么游戏的。阿丹觉得自己给朵朵回话的时候声音古怪，听这声音，好像连他自己也说不清自己藏在哪里了。他暗自得意，同时觉得呛，就怕忍不住咳嗽出来就坏了。但是没想到这一次朵朵还是很快就找到了。藏过的地方不可能再藏，所以朵朵没费多少时间就出现在套间里。她的眼睛就像四处觅食的小鸡娃似的，于是就看到老木箱的盖子好像不易察觉地一动一动，老木箱的锁子那里也有动静，看似碰上了又分开了，看似分开了又要碰上，像在拼命忍住笑似的。难道眼花了吗？朵朵悄悄走上去，听了听，突然出脚踢了箱子一下。这一踢，箱盖子一下就张开了，阿丹在里面站了起来。"你乱踢个啥，我还没藏好呢！"阿丹说。朵朵说："你说你藏好了我才来的。"阿丹在箱子里伸一个懒腰，表示这一次游戏又结束了。他正要出来时却听到朵朵说："里头是啥？"阿丹说："啥都没有。"朵朵忽然要求自己也要进箱子里去。阿丹说："这么一点儿地方你进来干啥？再说里头也没有个啥。"但朵朵就是要进去。朵朵是容易哭的，她似乎多少已有一些打算哭的样子了。阿丹就让朵朵踩在一只小木凳上，自己又出手帮了一下，才把朵朵接入箱子里去。朵朵很高兴，看着阿丹在箱子里高兴地蹦跳着。"你不要胡闹好不好？"阿丹说。但好像箱子已经被惹着了似的，就见箱盖子晃了几晃，突然重重地扑压下来。一声爽脆的响，老木箱的子母扣就逮着时机那样从外面锁上了。

在箱子外能听到一阵闷闷的呼叫声和踢打声，但是只要稍稍离得远些，比如在院子或街门那里，就不会听到什么了，即使听到也会觉得只是错觉而已。那一刻院子里落了许多阳光，黑狗卧在墙影里，把它的半个脸移出墙影，晒在阳光里。晾绳上的旧绸散发出一股强烈的气息，使黑狗感到鼻子痒痒。

阿丹的奶奶其实离得并不远，阿丹的奶奶就在隔壁的邻居家，一边捻毛线，一边和邻居胖女人说闲话。那女人坐在门槛上喂一只样貌精神的大公鸡。大公鸡显得跃跃欲试，女人就不时在它的脑袋上拍一下，让它老实些。她的胖身子坐在门槛上，把门槛坐得都看不到了。看这个境况，不到日头落吃晚饭的时候，阿丹的奶奶是不会回来的。

老木箱很久都没有打开过了。说来话长，老木箱是家里最古旧的一件东西了。阿丹的奶奶嫁过来时就有这老木箱，不是一个，是两个，两个这样的箱子，中间还有一个床柜，三样合起来是一套，古旧沉稳，花式喜庆，是家里一件像样的摆设。后来树大分枝，阿丹的爷爷哥仨一家分得一样。阿丹的奶奶本来是想要那个床柜，但没要上。床柜归老三了，老人在老三跟前，最好的随老人，阿丹的奶奶就只能在心里想想而已。这个箱子，那些年，都装过什么呢？反正后来阿丹奶奶就在老木箱里装了两床绸被、一床绸褥子——自己当然舍不得用。家里来贵客了，才拿出来撑个面子。比如教主来了，这是最合适盖绸被铺绸褥子的人，算是好粉全搽到脸上了。教主一走，重新叠好了放回老木箱里去。后来日子相对好过了些，一两床绸被缎被再不像先前那样稀罕了，也还是没有拿出来用。拿出来给儿子媳妇用吧，人家肯定不稀罕了，第一人家被子不缺，第二多少年的被子了，没一点儿"火气"了，味道也不好闻。她自己拿出来盖吧，奇怪，到现在也还是有些舍不得。就这样压在老木箱里，连她自己也不清楚以后拿它们怎么办。说来这也不是多大的事，时常并不在心上的。

　　那怎么忽然间又把箱子打开，把绸被绸褥子晾晒在院子里了呢？是这样的，人有时候会忽然想起一些事来。

　　儿子儿媳妇去中宁摘枸杞挣钱了，她在家里照看两个孩子，要怎样照看呢？孩子们都大了，不需要把屎把尿，只要给两个娃把两顿饭按时做好就是了。娃娃一大，自己能跑能跳就好带了。所以儿子儿媳要去摘枸杞时，她是很支持的。没理由不支持。早上她坐在院子里的晾绳下拾掇一堆羊毛时心思恍惚，就像一块来路不明的石子投向了水里似的，她忽然想起来她是有一块袁大头的，是她结婚前她的父亲给她的。她父亲先是给她母亲，经她母亲的手转到她手里。父亲的意思是，让她拿这个银圆打上一对银耳环子，但她却把这块银圆存了下来，没有花，也没有用它打耳环或别的什么。她不知道这块银圆最终会被派上什么用场。以后要是朵朵结婚，就送给她吧！这样的念头也只是一掠而过罢了，朵朵结婚还远得很呢。但是银圆哪里去了？放在哪里了呢？她一下子竟格外地着急起来，好像即刻就要看在眼里才能放心。羊毛是拾掇不成了。心一时三刻就被一块银圆占住了，占满了，她起身就去找，找了几个地方，没找到。不要慌，再好好想想，反正肯定是在呢！忽然隐隐地想起来一点儿什么了，于是她就到套房里来。老木箱的钥匙还在的，还好好的，能打开锁子。打开来得好好吸一吸鼻子，味道太冲了，她听人的建议放了几个樟脑丸在箱子里。一番好找，就找见了。听说一个现在就能卖六百元，一千也不卖。拿出来也只是看看而已，还得照旧存着去。但是箱子既然打开了，里面的味道又这么重，窗外的日头又好得不能再好，把绸被子绸褥子拿出去晒晒吧。找到了银圆心里高兴，好像凭空又得了一块银圆似的。被子褥子很快就晾开在院子里了。日头好像发现了可晒的东西，格外地精神了起来。

　　等阿丹的奶奶收拾了毛线往回走时，日头果然落下院墙去了。村里每一个院子里都落着大片的墙影，好像要浓墨重彩地写下一点儿什么。而那间玩过捉迷藏的套房里，已经静穆到什么声音也没有。

弧状人生

申永霞

汤红美是个很有点意思的主妇。

她曾经是我的房东。当我随房屋中介刚踏进她家的房门时，便听到她很鼓舞人心的笑声。哈哈哈哈，四节拍的。

很可能是因为她自己耳背，所以也怀疑别人耳朵不太好使。这就使得她先生跟她说话须像吵架一样，轮到真正吵架时便没有了内容，一来二去，烦恼也就没有了。

她先生比她大 10 岁，她的儿子又比她小 30 岁。她在他们一大一小中间，爱他们，也被他们爱。久了，她活得似乎比先生幸福些，比儿子还霸道些。

我见到她时，正是她发胖的时候。平白无故的日子，突然一天比一天胖起来，这真让她不开心并烦恼了。说实话她是不应该再胖了，因为她的胸脯与腰已像馒头一样炸开了。幸而她的身材不太高，所以只显得可爱，倒并不可怕。有一段时间，我很奇怪她形体的变化竟一点也没损伤她面容的姣美，甚至有一段时间当她胖得一发而不可收的时候，她仍然是一张瓜子脸，面色光洁，五官秀美，笑容颇像一个 20 岁女孩那样童叟无欺。这实在不可思议得很。

论起她的婚姻，也是令人奇怪的地方。她嫁给她丈夫老 K 的代价是被她家人真心诚意地逐出了家门。她说，我到底喜欢他什么呀，我喜欢他的耳朵，我那时一见到他耳朵就想笑，笑得截不住。

我正听着听着，她说着说着笑起来。哈哈哈哈，仍是四节拍的。

知道了她的往事，从此我就很刻意地重视她先生的那双耳朵。一次两次，终于还是失望了。我不知道它们怎么会吸引了汤红美，照现在看，汤红美年轻时确乎是一个很美丽的人。比起她，我觉得即便老 K 长了一双金耳朵，也会显得自愧弗如。

然而，汤红美很爱她的先生。她叫她的先生老 K。老 K。老 K。她常常用大大的声，很随意地喊；下了班换上拖鞋走在屋子的长廊中扭着胖胖的腰很妩媚地喊；有几次，夜里我也能听到她在卧室里很激动地喊老 K 的名字。

老 K 会说，嘘，嘘，小声点。

老 K 是皮鞋厂的一名工人。皮鞋的式样老得惊人，任何一只穿在脚上都能吓人一跳，工厂的效益与工人的工资可想而知。有几次每到月底发工资时，我便看到老 K 抱着几双皮鞋愁眉苦脸地回来了，老 K 的同事抱回皮鞋常常被老婆骂得要命，老 K 的命运真比他们好多了。汤红美一见到他抱着皮鞋回来就笑。哈哈哈哈，四节拍一落，让老 K 心里真是惭愧极了，踏实极了。

有一段日子，老 K 迷惘得很，全家人指望汤红美一个人拿工资——怎么办啊！

但汤红美不这么想，并且她也不给时间让老 K 想。她整天充实极了，天天早晨要吃油炒饭，油炒饭炒好了，就亮起嗓门儿喊，老 K。老 K。小苗。小苗。叫嚷之中，先生老 K 和儿子小苗很不情愿地起了床吃了饭，然后三口人一块儿抹嘴出门了。老K的自卑全没了，汤红美的一叫一喊使他的上班像儿子上学一样，充满了一种神圣而又严肃的责任。

有时候，老K感慨地想，没有了汤红美，或者换了另外一个汤红美，他的一切将会是另外一种样子。

有一次，汤红美坐下来，认真地让我帮她分析长胖的原因。来来去去，列了以下两个理由。

1. 吃肉多；2. 睡觉多。

此时汤红美才悄悄叹一口气，说，没办法，累呀！

那时我才知道，原来汤红美在单位干的不是轻松活儿。她在机械厂上班，以前靠的是智力，工作轻松，但拿钱不多；后来她就要求换了岗位，加入了搬运工的行列。逢到机器出厂、材料进厂都是她最忙累的时候。

末了汤红美表功一样说，看，工资一下涨了两百多！

日子如果这样过，除了汤红美偶尔为胖烦恼以外，倒也没什么大不了的。

但这个家庭后来却发生了一件不幸的事。

一次在搬运过程中，一个工人一失手碰落了摆放的机器，噼里啪啦一堆沉重的铁物砸落下来。汤红美是伤势最重的一个，她被人抬出来时，双腿已是面目全非。

在漫长的医疗过程中，汤红美又向人学会了机织毛衣。

初春的阳光常常照在汤红美的脊背上，一边的机器"吱吱"作响，粉红色的线团在她身边跳跃出各种各样的弧线，仿佛在给她从此沉寂的一生唱着赞歌。

这时候，老K就会走过来，默默望着她，说：

汤红美。

端 米

刘黎莹

　　泥结婚的头三天，还能老老实实地在家里守着水葱一般的新媳妇。三天后，泥就想找人闹一阵。泥结婚前喜欢钻窝子。柳村的人都把赌钱说成钻窝子。泥听赌友说过，一开始就降伏不住老婆，这辈子就算完了。老婆就像一棵草，就是压在石头缝里，也照样黄了绿，绿了黄，是见风就长的东西。

　　新媳妇端米总是笑眯眯地做这做那，像捡了宝一样一天到晚就知个笑。小米饭熬好了，笑吟吟地问泥："稀哩？稠哩？"菜盛到盘子里，又总是先让泥动第一筷子，然后笑眉笑眼地问："咸哩？淡哩？"泥说："嗦个！做点子饭还要给你三叩六拜当娘娘一样敬？"

　　端米就拿筷子闷头吃饭。泥吃着吃着，又觉心里挺对不住端米。泥说："小米饭，黏哩。"端米不吭声。泥又说："菜，香哩。"端米还是不吭声。泥就摔了碗，用手抱住头，伏在饭桌子上，说："端米，我难受呀端米。"

　　端米抚一下男人的头，扫干净地上的碎碗片。

　　泥说："端米，你不是一棵草。你就像个圆溜溜的皮球，让人想咬都没处下口哩。"

　　端米说："泥你想去哪儿就去哪儿。"

　　泥就又去钻窝子。输了牌就回家往外偷粮食卖。一次偷一布袋，瞅个空子扛出来。有一回脚底下走得急，绊在门槛上，摔青了半边脸。端米给他抹了红药水，说："你想往外扛就尽管扛。我不拦你就是。"泥就大了胆。泥后来干脆用盛过化肥的编织袋往外扛。有时候泥一个人往袋子里装粮食挺费劲，端米就过来撑起袋子口。泥就一瓢一瓢往里装。嚓，一瓢，嚓，又一瓢。快露缸底了。早先泥的娘活着时是从不让大缸底露出来的。娘对泥说过，这口大缸用了好几辈子了，还从没露过缸底。有时遇上灾年，就是吃糠咽菜啃树皮也不敢空缸底。泥拿瓢的手抖抖索索地像是抽了筋。端米提了一下袋子，说："还能装十来瓢哩。"泥真想一瓢头子砸在端米脸上。泥心里开始发毛。泥的手在媳妇脸前像秋风中的枯叶一样抖个不停。端米又提了一下袋子，说："还能装两瓢哩。"泥就把瓢摔在了地上，用脚踩了个稀巴烂。泥说："端米你干吗非要这样？我连村主任都没怕过呀，端米。"端米说："你看见别人打老婆，手痒哩。"泥说："我往后再去钻窝子就把两只手剁给你看。"

　　泥跟着端米上地里拔草。柳村的人看奇景一般，说："我老天，泥也下地干活了，泥的媳妇竟有这等能耐！"

　　泥干了一星期的农活，就又开始手痒，趁端米回家扛化肥的时候，泥就从地里跑了。泥赌输了，就回到家里找菜刀。泥说："端米，我要剁手给你看。"

　　端米正在剥花生，连眼皮都没抬一下。

　　泥扔了刀，从门后头拾起绳子，就把自家喂的狗给捆上了。眨眼工夫就把狗的两条前腿的脚指头给砍了下来。

泥说："端米，我要再去赌，就把我的两条腿砍给你看。"

泥还是管不住自己。泥再次赌输后，从菜板上拿起菜刀。

泥说："端米，我可砍腿了，我可真砍了。"端米正蹲在鸡食盆前拌鸡食。泥伸手捉住一只芦花鸡，削去了一条鸡腿。

泥也有赢钱的时候。这时候泥就会老老实实地把钱递到端米脸前，说："端米，你看，是不？树叶还有相逢时，岂可人无得运时？"

端米远远地退到天井里，说："怕脏手哩。"

柳村的人常说，好人不睬泥，好鞋不踩屎。就有好事的人问："端米，你好好的，干吗不跟泥散伙？"

端米说："人是会变的呀。"

"那干吗不拦住泥？由着泥的性子去钻窝子？"

端米说："铁锁媳妇不就是因为拦男人被打残了胳膊？"

"你就不怕把家赌垮了？"

端米说："家垮了，我还有条命。泥就是铁人钢人，我也要把他暖化。"

大伙儿就叹气，说："自古骏马却驮痴汉走，美妻常伴拙夫眠。"

一个下着麻秆子雨的黄昏，泥正守着空了的大缸发愣，端米摇摇晃晃地像只落汤鸡一样跑回家。端米从怀里掏出 200 块钱递给泥说："你现在只能用我的命去赌了泥，直到赌干我身上最后一滴血。"泥接过钱，票子里夹着一张抽血单，泥的头皮"轰"地响了一下，泥像个疯子，用小蒲扇一样的大手猛扇自己的脸，直到把脸扇成个紫茄子。

春天的时候，花草到处抽芽、开花。转眼之间，山上、树林、屋角，全都变了样。泥在镇上开了个钟表修理店，端米开了个服装加工店。钟表修理店的生意挺红火，十里八乡的人都想来看看出了名的泥怎么说变就变了。端米的服装加工店更是热闹，好多女人都想来看看端米是否有三头六臂。

就有人问端米有没有绝招，端米甜甜地笑笑，说："人这辈子要遇到好多难事，总不能事事都绕开走。只要豁上命，准行，说到底也就是一句话，水滴石穿罢了。"

到城里种麦子

秦德龙

大光从城里拉回来个项目，组织种麦队，到城里种麦子。乡亲们一听就乐了，到城里种麦子？开玩笑吧？城里有地方种麦子吗？城里到处是玻璃盒子样的高楼大厦呀！不过，乡亲们都在想，如果真的能在城里种麦子，那也应该是春天一片葱绿，夏天一片金黄。

大光神秘地笑了："城里人需要看见绿色。城里人已经分不清麦苗和韭菜了。"

这么一说，乡亲们都笑了。是呀，城里人越来越傻了。一些进过城的人，都知道城里有野菜饭店、粗粮超市、公园养驴、阳台养鸡……城里人还用吊车把乡下的老槐树弄去……这么说，城里人需要看见麦子，是可以理解的呢。

许多男人报了名，都想去城里种麦子。二妮对大光说："给俺也报上吧，割麦的时候，俺敢和男人比，保证颗粒归仓！"

大光笑道："二妮，到城里种麦子，不是为了有收成，而是为了种风景！

二妮疑惑地说："种风景？种什么风景？"

大光说："跟你说，你也不懂。城里的麦子是不用割的。"

二妮惊讶地笑了："不割麦子？"

大光说："去了你就知道了。妇女们当然可以去，反正是庄稼活儿嘛。"

听大光这么一说，又有几个妇女报了名。

大光指挥着乡亲们，唱着豪迈的歌曲，向城里进发了。"麦浪滚滚闪金光，棉田一片白茫茫。丰收的喜讯到处传……"

乡亲们唱着歌，到城里种麦子了。大光果然说的是实话，果真是在城市的空地上种麦子。路边、树下、坡上，闲置的空地，都撒下了麦种，撒下了乡亲们辛勤的汗水。

城里人望着乡下人种麦子，感到了少有的新奇。哦，不种美国草皮了，改种乡下麦子了。哦，绿化美丽的城市，要有自己的特色噢。有些早年当过农民的城里人，看见乡下人种麦子，表现出格外的亲切。他们纷纷端茶送水，或直接参加了播种的队伍。

乡亲们很感动，城里人太好了。一定要悉心呵护麦苗，让城里人看到绿油油的麦苗，看到金黄色的麦浪，吃上新麦磨的面、蒸的馍。

可是，麦苗正拔节，还没灌浆呢，大光却下令了，让乡亲们把麦苗剪成"板寸"那么齐。这是干什么？这不是糟蹋麦子吗？这不是坏良心吗？有人问大光。

大光说："我早就对你们说过了，到城里种麦子，不是为了有收成，而是为了种风景。城里人要的是绿色风景，你们不知道吗？"

二妮问："绿色的风景当粮吃呀？这么多麦种撒下去了，不让长麦穗，真是鬼灵精怪。"

大光说："对，城里的许多事，就是鬼灵精怪。明白吗，麦子长出了麦穗，我们就拿不到工钱了。我们的任务，就是搞绿化，用麦苗绿化城市。用麦苗搞绿化，比买美国草皮便宜多了，也许，这就是道理。"

二妮说："我明白了，这就是你说的不用割麦子！原来，麦子根本就长不出来麦穗呀！"

大光笑道："明白了就好，大家都干活儿去吧。麦苗老了，就锄掉它。撒上麦种，再种新麦子。就这样，一茬接一茬，记住，要的就是绿油油的麦苗！"

乡亲们会意地笑了，笑得很怪。二妮说："看来是把麦子当草来种呀。大光，我不干了，我回家了。"

大光说："也好，不想在城里种麦子的，可以走，来去自由。再回来，我还欢迎！城里总是要有人种风景的。"

有几个人跟着二妮一块走了。

可是，走了不多天，有两个人就摸回来了。他们告诉大光，带来了退化的麦种，只长麦苗，不长麦穗。

大光哈哈大笑。也许，撒下这样的麦种，农民才会心安理得？

于是，大光带领大家，播种了那些已经退化的麦种。二妮没回来，他也不介意，不久，他就将二妮彻底忘掉了。

大光成了个在城里种麦子的专业户。他总在乐悠悠地想，啥时候到下一个城市种麦子呢？

去扬州做生意

黎　晗

　　所有招数都用尽了，埋在黄楼鹤父亲脚上的留置针已经堵塞，输液管里的营养液终于静止不动。"别折磨老人了，你看那些血管，硬得像石头，哪里还埋得下针头！"从镇上请来帮忙的护士大姐偷偷劝黄楼鹤："你也别过意不去，食道的疾病就是这么残忍，食道病人最后都是被活活饿死的。"

　　此后黄楼鹤的父亲滴水未进，坚持了十天才去世。这几乎可以算是一个医学奇迹了，这之前老人因为不能进食，仅靠点滴已维持了近一个月。

　　"你爸很奇怪呀。"一个堂叔问黄楼鹤，"老人家是不是有什么心愿未了，是不是在等什么人？你们年轻人可能不知道，老人躺着不走，肯定是在等一个很重要的人。"

　　"也许是天数未到，就再等等吧。只是辛苦大家一起陪护了。"黄楼鹤装作很轻松的样子。

　　和前段病重期间有一搭没一搭的探问不同，因为明摆着已是临终状态，远近亲戚们不得不密集地围了过来。黄楼鹤的父亲慢慢进入了昏迷状态，偶尔有一些谵妄现象。刚开始他还能和他的弟弟、妹妹与晚辈们说说话，时有语重心长的交代，时有人终有一死之类的豁达，用词质朴如常，心态平和如昨，听来却让人沉痛不堪。进入谵妄时，老人偶尔吐露的话语却常常把亲友们吓一跳。有一天说胡话的时候，黄楼鹤父亲的嘴里不断地蹦出诗句来。"你爸在唱诗啊？"亲友们满脸惊讶。

"我爸年轻的时候会作诗，现在这种状况，以前的一些记忆会跳出来。"黄楼鹤在亲戚长辈指导下，正忙不迭地安排着父亲的后事，但看到老人过于异常，只好停下来跟咋咋呼呼的亲友们解释一番。

亲友们大多没什么文化，自然不懂老人嘴里时不时蹦出来的是些什么怪话。而中文系出身的黄楼鹤清楚，父亲一直在絮叨的是李白的"故人西辞黄鹤楼，烟花三月下扬州"、杜牧的"十年一觉扬州梦，赢得青楼薄幸名"。至于后来断续吟哦出的"天下三分明月夜，二分无赖是扬州""人生只合扬州死，禅智山光好墓田"，黄楼鹤就想不起是谁的句子了。

黄楼鹤父亲的后事是老人自己安排的。停针那夜，他们父子在疾病真相揭开之后，对死亡问题有过相当大胆的探讨。"我是真的怕死，所以你们瞒着我是对的。还好发现的时候就是晚期，不然没等上手术台，我就已经吓死了。"父亲虚弱地笑了，他勇敢的样子让黄楼鹤敬佩。"丧事从简。"父亲强调道，"因为你们一直瞒着我，我们现在又在老家，来不及和我的那些老友们告别。日后他们要是问起，你不要跟他们提'死'这个字眼。我们几个在老年大学学习古诗词的老友，老李、老张、杨阿姨，我们商量过，将来谁死了都不能说'死'……你就跟他们说，我去扬州做生意了。特别是杨阿姨，她心脏不好，你要好好跟她说。你可以跟杨阿姨说，我很好，我到最后关头，是看得开的。"

"为什么要说去扬州做生意呢？"黄楼鹤问。

　　"风俗里都这么说的，老李、老张、杨阿姨，我们都知道这个典故。以前你妈妈去世，人家问起，我也是说她去扬州做生意了。老人忌讳'死'这个字。"

　　黄楼鹤的父亲比母亲年纪大不少，但母亲很早就去世了。黄楼鹤把父亲带到城里生活，刚开始那几年，父亲心里一直放不下，一到母亲的忌日，父亲就叹气："你都忘了，今天是你母亲的忌日，可是我们现在在城里，也没办法给她烧点儿纸钱，点一炷香。"黄楼鹤每回听父亲这样说，总是非常内疚，但是他也没办法，毕竟在城里，他哪里去找一个给母亲烧香的地方呢？但是后来，父亲似乎渐渐地忘记了母亲的忌日。倒是随着年龄的增长，黄楼鹤却牢牢地把母亲的忌日记住了，每年一到那个日子，他就一个人默默地在心里为早逝的母亲祈祷一番。

　　黄楼鹤的父亲在极度虚弱中坚持了十天，他好像真的是创造了一个生命的奇迹，最后他终于坚持不住了。黄楼鹤没有遵从父亲"丧事从简"的遗嘱，按照乡村古礼，他为父亲置办了隆重的葬礼，并把父亲的骨灰和多年前去世的母亲埋在了一起。

　　没有人知道父亲生命中的最后十天在坚持什么，在等着见谁最后一面。黄楼鹤虽然知道，但是从一开始他就下决心回避这个问题。在处理父亲后事这件事上，黄楼鹤显得很有主见。其实，黄楼鹤一向是个很有主见的人，他想，就让父亲这样去吧，有什么好说的呢！

　　黄楼鹤刻意隐瞒父亲的是，父亲心里记挂的杨阿姨，半年前就已经去世了。杨阿姨去世的时候，父亲已经病倒在床。棠棠给黄楼鹤打电话，棠棠说："我妈妈临终前有个心愿，她很想见你爸爸一面……见不到，她就交代我转告你爸爸，说她先去扬州做生意去了。"

"扬州真是他心里的一个结啊，难怪他会给我取'楼鹤'这个名字。"当时黄楼鹤心里好一阵难过。

"也许，我们真的做错了。我们不应该阻挠他们在一起的。我们太自私了，我们是我们，他们是他们，不应该混淆在一起的……再说他们在扬州认识的时候，我们都还没出生啊！"送走父亲之后，黄楼鹤回到城中跟棠棠聚了一次。听黄楼鹤提起他父亲临终时的情况，棠棠边流着泪边这样说。

"你知道吗，他们说的那个扬州可不是现在的扬州，他们说的是古扬州。在夏商时期，我们这里隶属九州之一的扬州。"黄楼鹤边说着边解开棠棠的衣服，"当时的九州是按土地特征划分的，古扬州因为水网密布，所以土地湿润而肥沃、草木茂盛而多姿……"

这一次，这一对交往多年却一直止步不前的中年男女，终于放下了各自的矜持。

眼 泪

岱 原

张秋娥的丈夫死于矿难。

煤矿塌方，把张秋娥的丈夫和其他二十几个民工一起埋在了井下，张秋娥的丈夫被挖出来的时候，整个人就是一块煤。张秋娥把黑的丈夫一遍一遍地擦，擦成了白的，然后，又把白的丈夫送进了火葬场。

张秋娥没有掉一滴眼泪，张秋娥把四个孩子拢到一起，说，你们从今往后没有爸爸了，只有妈妈了。

张秋娥种八亩地，养六头猪，张秋娥的体重从过去的一百斤降到八十斤。

张秋娥的大儿子十五岁的时候就不肯读书了，大儿子很坚定。张秋娥抬手要打他的时候，大儿子把脖子一梗，眼睛一闭，张秋娥手抬了起来，却始终落不下去。

张秋娥的儿子给人做苦力，扛木头，炸石炮，村里修公路，他去点炸药，炸药没响，他探着身子去看，炸药又响了。张秋娥的儿子死得很惨，胳臂和大腿都不在一处，张秋娥把儿子身上的各个部件一样一样拢到一起，又一样一样装进了棺材。张秋娥说，我儿子生前太苦了，死后在阴间不能落下残疾。张秋娥送儿子入土，铁板着脸，还是没掉一滴眼泪。

大儿子死了，家里没了劳力。张秋娥带着三个女儿过日子，张秋娥种十亩地，养八头猪。大女儿想退学，张秋娥一巴掌就抡了下去。张秋娥说，除非我死了。大女儿哭了，张秋娥没哭。别人都说张秋娥心硬，张秋娥说，我心不硬，手硬。

张秋娥的手使得了犁耙，却捧不了豆腐，豆腐一到她的手里就散了。她的手像石头，家里养的鸡雏，她总是让女儿去抓。她说，我怕自己一动手，就把鸡雏捏死了。张秋娥五十岁的时候就像七十多了，头发一大半都白了，腰也弓了。张秋娥的大女儿考上了中专，二女儿考上了师范，小女儿考上了大学。别人都说张秋娥有福，张秋娥就笑，张秋娥笑起来，牙齿很整齐，很年轻的样子。

三个女儿毕业后都往家里寄钱，张秋娥就再也不用种地、不用养猪了。张秋娥不种地、不养猪，就养鸡雏，养一大群一大群的鸡雏。

张秋娥的日子过顺了，就常去别家走走。

邻里胡春月的丈夫死了，胡春月哭得不成人样。张秋娥就去劝，说，大妹子，你别哭。胡春月就说，秋娥姐，你是晓得的，一个人的日子苦哇！

胡春月"苦哇"两个字拖的音很长，一下子就触动了张秋娥。张秋娥劝着劝着，忽然眼泪就流下来了。张秋娥一哭，眼泪就再也止不住。胡春月死了丈夫，张秋娥哭得比胡春月还凶。

再后来，张秋娥一看见伤心的事就哭，人死了哭，猫狗死了哭，鸡雏死了也哭。张秋娥的眼泪就像水龙头没了开关，止也止不住。

　　再往后，村里谁家有了白喜事，就把张秋娥请去哭丧，没有张秋娥的哭声，那丧事简直不叫丧事，没有任何人的哭声有张秋娥的悲切、真实。

　　张秋娥上半辈子没有流过泪，下半辈子眼泪流成了一条河。

走 遍 世 界

劳 马

　　老朱在自家的客厅里支起了一顶小帐篷,每晚蜷缩其中,自称是野外宿营。

　　三年前,他在地板上铺了一层厚厚的塑料布,上面印有世界地图,从此他便开始了足不出户的周游世界计划。

　　客厅虽说不小,但相对于地球而言则微不足道。用地图铺成的地面,比例再大,也经不起脚的丈量。即使老朱脱了拖鞋,踮起脚尖小心翼翼地在上面跳来跳去,就像在地雷阵中逃生似的,也难免一脚踩上若干个小国。每到此时,他都会产生极端的负面情绪,如同踩到地雷、针尖或狗屎的感觉,会脱口而出:"靠,又偷越国境了。"

　　出国需要签证,尽管在地图上行走没有海关的盘问,但老朱的心里还是有阴影。每当他想眺望地中海的迷人风景时,大脚趾伸到了乌克兰,小指头却碰到了罗马尼亚,脚掌的重心十有八九压在了白俄罗斯、波兰和立陶宛,这让他很不安。如果他脚踩西欧某些国家时,心情就会好一些,因为毕竟加入了申根协定,国与国之间游客可以自由往来,无须签证。

　　为了避免此类麻烦的发生并消除对自己的旅游心情的不良

影响，老朱会尽量在大国之间跳来跳去。他每天穿梭于俄罗斯、美国、加拿大、巴西、澳大利亚，偶尔也会去南非或阿根廷，因为他把一个衣帽架塞到了墙角，那儿离南非很近，对面的墙角则竖立着一个小酒柜，那是阿根廷的地盘。小帐篷当然支在中国境内，老朱每晚都睡在祖国母亲的怀抱。他说："睡在这里，关键是没有时差。"

他把茶几摆放在澳大利亚，据说喝茶时能闻到从四面弥漫过来的海水味儿。小书桌安静地待在美国东部与加拿大交界处，在没有雾霾的日子，窗外的阳光会同时照到纽约和渥太华以及大西洋北部海岸。

伞状小帐篷的北方，中间隔着蒙古，跨过这片淡蓝色的疆域时，老朱常常吸吸鼻子，说那股羊膻味让他想吐。要去俄罗斯广袤的大地上散步，每次都必须经过蒙古地带，淡蓝色遮掩了沙漠，也分不清森林、草原和河流，只有难以忍受的膻味儿刺激着老朱那敏感的嗅觉。他几乎每天一早都到西伯利亚地区打套太极拳，脚踩俄罗斯肥沃的土地，双手在半空中比比画画，不时会侵犯到他国领空。打完拳，老朱边擦汗边凝视窗外，伫立片刻，眺望北冰洋。然后一转身，奔向澳大利亚，在那里泡上一杯酽茶，再端着茶杯跨过印度洋或太平洋到非洲或拉丁美洲转转。杯中的茶水有时会一不小心洒到地上，老朱十分紧张，赶紧蹲下身子察看。若洒到非洲，他便嘿嘿地笑几声，情不自禁地喊道："靠！又为沙漠地区解除了旱情！"若溅到了低洼之国荷兰，他便惊叫起来，立马找块抹布，擦干那水渍，生怕那里的人民遭受灭顶之灾。

尽管当作地毯的世界地图巨大，但老朱的游览仍然受到限制，除了时时有偷越国境之嫌外，各国的名胜景观挤在一起不能一一驻足观赏。于是他又有了新的举措，他把每个国家的地图都放大至客厅地板的面积，逐一铺到地上，再根据他对这个国家的喜好程度，每过一周或十天半月换一次，这样便实现了他的"深度游"计划。老朱对自己的创意相当着迷，又添置了一把前后摇晃的躺椅和一把左右震动的按摩椅，分别摆放于所在国家或地区的机场和火车站，经常躺坐在上面微闭双眼体验飞机头等舱和高速铁路飞驰的旅途快感。

如今，老朱除了几个仍处于战乱状态的国家外，差不多游遍了全球。下一步他准备把放大的月球和火星图铺在客厅里，实现他太空旅行的新打算。当然，他说，这可不是闹着玩的，先得进行一番高强度的体能训练。

痕

陶 纯

　　那是一座面积不大的街心花园，栽种着一些随处可见的树木和花草，园子中间矗立着一尊落满了灰尘的大理石雕塑，是一个手擎和平鸽的女人，有几张石凳散置在树下和甬道边。

　　二十年前，这里并没有这个街心花园。刘汉泰清清楚楚地记得，二十年前，这里是一片杂乱的居民区，道路狭窄，污水四溢，路灯很少有亮的时候。二十年后，这里却大变样了，周围一幢幢新楼拔地而起，宽阔的道路中间，这座绿意盎然的街心花园十分醒目。

　　刘汉泰每天都路过这里。无论是清晨还是傍晚，他常常见到那张熟悉的面孔。起初他不相信自己的眼睛，后来他终于辨认出来了，那个久久枯坐在一张石凳上闭目养神的老人不是别人，正是当年差点置他于死地的刑警老马。

　　20 年前，刘汉泰是个来无影去无踪的神秘人物，他既偷且抢，屡屡得手，本地好几桩有名的案子都与他有关。相当长的时间里，公安局拿他毫无办法。即便是黑道中人十分惧怕的刑警老马，也是奈何他不得，他像一条狡猾的章鱼那样，数次从老马的枪口下滑脱。

但最终，他还是栽在了老马手里。

那是一个寒冷的冬夜，他席卷了一家小商店，快速逃离，逃到这片杂乱无章的地方来。他正陶醉于又一次得手的喜悦中时，老马却从一条小巷子斜刺里杀出来，挡住了他的去路。他心说不好，扭头就跑。老马比他跑得还快，不一会儿就追上了他。他当然不甘心束手就擒，见没有退路，他凶相毕露，突然掏出腰间的牛耳尖刀，猛地刺向老马。老马闷哑地叫了一声，倒在地上。但是，他仍然没有逃脱——在他跑出几米远时，老马手中的枪响了，他觉得左腿一软，瘫在地上。

后来，他被判处死缓，由于他在狱中表现尚可，死神才没有降临在他的头上。

春天里，他服刑期满，每天蹬着三轮车，到这座街心花园前面不远处的一家集贸市场摆摊卖海产品。挣了些钱后，就在市场边租了两间房，开了个海产品公司，专门倒腾海货，生意居然很红火。因此，他对如今的生活很满意。既然不担风险又能挣到票子，也就用不着再去偷再去抢了。

秋末的一个傍晚，他打的离开公司回家。由于刚刚做成一笔生意，狠狠赚了一家伙，他的心情格外舒畅。路过那座黄叶飘舞的街心花园时，他又看到了那张熟悉的面孔。于是他大声吩咐司机停车。

对于这位曾经给过他致命一击的刑警老马，刘汉泰是不会忘记的。时至今日，他左腿上的那个枪眼还赫然在目，并且走起路来仍一跛一跛的，老马留给他的纪念一辈子都抹不掉了。

老马微眯着眼，枯坐在离大理石像不远处的一张石凳上，双手撑着一根拐杖。园子里除了几个刚放学归来在此玩耍的孩子外，没有别的人。

刘汉泰估计老马也就是60岁出头,但看上去却要苍老得多。老马满脸刀刻般的皱纹,呼吸声像一架老式风箱,站在五米之外的刘汉泰听得清清楚楚。没出来时,刘汉泰常常听到那些栽在老马手下的弟兄扬言,出狱后要找老马算账。他也曾有过这种隐秘的念头。但现在,刘汉泰抽动着嘴角,无声地笑了。现在,他刘汉泰不是过得好好的吗?而老马,那个身手敏捷得像一只豹子、黑道中人畏之如虎的刑警老马,已经成了一个行将就木的老人!刘汉泰开心极了。

刘汉泰以为老马睡着了,仔细看时,却发现老马微眯着的眼睛里,依然有光线漏出,在他身上萦绕。他的笑容随即凝固在嘴角。为了掩饰自己的尴尬,刘汉泰问,你……你还认识我吗?

老马一动不动,喘着粗气说,很多人像你这样问我。太多了,我记不清了。

刘汉泰挽起裤脚,露出左腿上那个醒目的疤痕。老马摇摇头,说腿上吃过我枪子儿的人太多了,我记不清了。刘汉泰报出家门,老马眼睛一亮,表示想起来了。然后,他松开拐杖,掀起老头衫,指着左肺部的一条刀疤说,这是你给我留下的,再往这儿偏一点点,我就没了。刘汉泰愣怔着,他看到老马身上有许多疤痕,各种形状的疤痕。老马又说,你那个疤不算啥,我身上有11处,不信,你过来数数。

刘汉泰只觉得眼花缭乱。他听到老马又咕哝道,要是每次我枪口再往上抬半寸,很多人脑壳就碎了,你也是。老马闭上眼睛,边说边抬起右手,食指做了个勾扳机的动作。

在夕阳的余晖里,刘汉泰突然感到一阵眩晕,仿佛他的脑壳真的被老马击碎了。

古　风

杨彤云

娘患绝症，似炕头如豆的残灯，该安排后事了。可治病欠债，愁绪胀得狗饶胸闷，蹲草团上抱头苦思……

妻，守在娘的炕头，沉默良久，说："明儿个蒋庄会，只有卖咱那头牛……"

狗饶惊得身一颤："牛是咱家的宝……"

"反正俺不忍咱娘薄走！"

思虑再三，狗饶依妻之意：卖牛！

路远。狗饶早吃饭，揣俩锅饼。棚里牵牛，牛挣缰绳，叫声凄楚。狗饶嘴对牛耳："无奈呀！"牛汪着泪随狗饶上路，边走边扭头回望，恋家之情催狗饶心酸。

到会已近午时，拴住牛，狗饶坐旁边等人问价……等到会上人稀，竟无人问津。狗饶急躁，起身吼："谁买牛——"

总算有个铁塔似的黑汉过来问："咋卖？"

"您说……您说……"狗饶激动得口吃。

黑汉衣襟下攥住狗饶两个手指，松开，再攥住五个手指，注视着狗饶的脸色。

"二十五块？"

"嗯。"

"三十！"

"二十七！"

未经中间人，成交！

黑汉伸手怀里抓钱，愣住了，抱歉道："忘带钱了。"

狗饶抓紧缰绳，失望。

黑汉找来块青瓦，掰两半，递给狗饶一半，说："明儿个午时，烽火台对瓦过钱！"

狗饶卖牛心切，稍加犹豫，说："一言为定！"

"决不食言！"

狗饶松开缰绳，拿出锅饼，递黑汉一个，吃罢，揣着半片瓦回家……

守在娘炕头盼归心焦的妻，见狗饶回来，忙挑亮油灯，热饭，端夫手里，问："卖了？"

"卖了。"

"多少？"

"二十七块！"

"中！钱哩？"

狗饶放下碗筷，掏出那半片瓦。

"破瓦片能当钱？"

"明儿个去烽火台对瓦过钱。"

"哪儿的买家儿？"

狗饶蒙了："咋就没问那黑汉家住哪儿哩！"

妻愕然，双手捂住脸哭了："咋恁傻哩——"

狗饶和妻辗转反侧，一夜没合眼……日头一竿子高了，还闷在炕上思忖："是否去烽火台？唉，去！"

妻劝他："枉然，家歇吧。"

狗饶饭也没心吃，揣上那半个凉瓦片，没精打采地朝烽火台挪……

日头偏西了，狗饶才蹭到。四野碱荒耀眼，一望无际；烽火台上荆蒿丛生，迎风抖动，前不见村后不着店，恐惧陡然袭上发梢。

突然，那黑汉猛虎般荆蒿间跃出，一拳击倒狗饶，怒吼："你个龟孙，咋不守信约？等得我饥又饥渴又渴！七尺汉子岂有说话不算之理！"

狗饶爬起身，不觉哪儿疼，掏出那半片瓦。

黑汉对得严丝合缝，吧唧声摔了，当面验清钱，白花花的现洋哗啦地上一扔，大步流星地走人。

狗饶喊："哪庄儿哩？"

黑汉头也不回："彭砦——"

狗饶欣喜若狂地颠回家，已是掌灯时分。夫妻俩兴奋得鸡叫了也没睡意，正说着话儿，忽听"哞哞"的牛叫，耳熟，出来一瞧，牛又回来！惊喜之余，狗饶和妻商定：明儿个给那黑汉送牛……

做一回上帝

沈祖连

　　小瘪四终于还是逃不过被开除的命运。小瘪四在这家店里
服务了三年多，工作表现时好时差，到最后也没有得到老板的
赏识。原因主要是小瘪四太精了。老板喜欢的都是实实在在干
活，不讲究得失的人，也就是小瘪四认为的傻子。小瘪四认为
的傻子，实际上不傻；小瘪四认为自己是精仔，实际上在老板
眼里就是傻子。这里头包含着很深的哲理，以小瘪四现在的思
想是捉摸不透的。

　　这是一家规模不算大也不算小的饮食店。服务员不太多也
不算太少，也就是说，每个员工老板都叫得出名字，但未必都
管得着。这样规模的饭店，最能考验人。你做多了，老板不一
定能看到；你做少了，老板也未必不知道。精仔和傻子同时混
杂。小瘪四的亏就吃在太"精"上。比方说，老板规定工作时
间为八个小时，还未到点，小瘪四就提前做好下班准备，收拾
好东西，到点就开溜。老五不同，老五常常是下班时间到了，
还在做班上的收尾工作，做完才收拾自己的东西。这一来一往，
就有至少半个小时的差异。小瘪四每每离开，总对老五挤挤眼
睛，那意思是说，你老五大傻子一个。可他没想到，自己早已

陷于做傻事而不能自拔，这不，被开除了不是？

因为没本事，小瘪四在饭店做的就是供人使唤的活：老板使唤他，炒菜师傅使唤他，服务员使唤他，连看门的也使唤他。

开除就开除吧，小瘪四也没有感到太痛苦。此处不留爷，自有留爷处。想我瘪四精仔一个，到哪里不能被使唤？

给工资吗？小瘪四这样问老板，其实他心里盘算好了：是我炒你，就别想要工资；是你炒我，那可是一个子儿也不能少。

老板是个明白人，虽然小瘪四平时表现不怎么样，但毕竟在店里服务三年多，没有功劳，也有苦劳。欢送会不开了，怎么会欠这点工资？

这样，小瘪四顺利拿到了一笔钱。

拿到钱的小瘪四就不那么瘪了。他挑了店里最豪华的玫瑰包厢，他要在自己服务过的地方切切实实地当一回上帝。妈的，钱是什么东西？花出去，才能体现价值；不花，跟石头无异。钱花了还可以挣。

小姐，点菜！小瘪四大呼一声，引得几个平时一起工作的姑娘都瞪着眼睛看他。

看什么看？快伺候老子点菜。见那些姑娘不动，小瘪四便直呼老板。

老板毕竟是老板，顾客就是爷，立时向一个姑娘发出命令，阿朱，听到没有？

阿朱姑娘这才回过神来，拿上菜单进了玫瑰包厢。

阿朱看了看小瘪四，要什么菜？

不行，你老板是这样要求你的吗？

不就是点菜嘛。才离开不到半小时，哪来这么多的道道儿？

半小时前你也可以使唤我，可现在你知道我是什么了吗？

是什么呀？还不是小瘪四？

得，本人投诉你，不尊重顾客，小瘪四是你能叫的吗……

好，先生，请问您要点什么？

这还差不多。看你们店有什么特色菜，都给我要一份。

特色菜有，不过可贵了。

得，你又犯傻了吧？一不维护老板利益，二不尊重顾客……

对不起，先生，请您开始点菜吧。

小瘪四过足了嘴瘾，才正经点了满满一桌子酒菜。进食过程中，一会儿叫服务员来这个，一会儿又要服务员弄那个，使唤得十几个姑娘拉磨一样围着他跑前跑后。随着酒意上升，小瘪四觉得还不过瘾，便冲老板来了。

服务员，你们的老板这么拿大？怎么不来敬个酒？快叫！

经过几番折腾，服务员不敢怠慢，立马通报老板。

老板是生意人，拿着酒杯进了包厢，来，先敬小瘪四一杯。

得，真是有什么样的老板，就有什么样的员工。告诉你，我现在是你们的上帝，小瘪四是你叫的吗？

对不起了，平时都叫惯了。我敬先生一杯。

推杯换盏之间，酒不慎洒上衣服，小瘪四摊着两手，你看你，敬个酒这么笨手笨脚的。

好，好，好，我叫人来替你抹。

不行，得你亲自来！

好说好说。老板掏出餐巾纸，很细心地为小瘪四擦干酒迹。

吃完结账，不多不少，正好，老板刚才发给小瘪四的钱又一个子儿不少地回到了老板手上。

走出大门，一小时前怎么样，一小时后还是怎么样。小瘪四往马路边的胡同里一拐，蹲在路边，像个孩子一样嘤嘤地哭了起来。

句号和省略号

谢大立

太阳还在赖床，句号就一身绒布衫，在小吃街和菜市场的岔路口等省略号了。省略号头天天黑起的菜，定要起早来镇子里卖。

句号是因为从小就胖，脸圆得活像个句号而得名的，不像省略号，瘦得五官、四肢哩哩啦啦的像几个点。句号说的话，后面都可以用句号；而省略号说话，一句话只说一半，另一半看看他人的脸色后再说。

句号想告诉省略号，这个村子里像他俩这个年纪的，就他们两个了，何况他们还是同年同月同日生的老庚，该把以前的一些不愉快都忘到后脑勺了，该像儿时那样两小无猜，做一对安度晚年的玩伴了。

省略号来了，挑着一担菜来了。那脚杵在路面，一定会杵出来个坑，那无数个坑连在一起，不是省略号是啥？句号这么想着，脸上的笑就抑制不住。又来卖菜？打过这句招呼后，脸上那笑的不恭，也没有藏起来。

省略号一惊。省略号走路，头是低着的，像是在数步子，又像是想着心事。省略号急刹步，说，怎么是你？你这么早就来街上吃早餐？

　　想不到吧？句号说，让你更想不到的是，我今天是特地起早在这里等你。说着，一双眼在省略号的脸上身上睃来睃去。多少年来，两个人还没有这么近距离地面对过。省略号的额头上有汗，头顶冒着热气，土布衫上沾有泥巴，深秋天了，还赤脚穿着草鞋……句号有些心酸，话里也就充满了情感，我说老庚，你也该收手了。

　　什么收手？收什么手？大概是句号挡住了他前行的道路，也大概是担子太重，该歇息一会儿了，省略号小心翼翼地搁下担子，撩起肩上的汗巾擦汗，望着句号。

　　句号避开省略号的目光，心里说，是呀，叫他如何能收手？他不像自己，一切都赶上了：结婚，老婆是百里挑一；两个孩子一儿一女，合起来一个"好"字，都出世了，才计划生育。他想个儿子，前三个却都是女孩……

　　于是句号一叹说，儿女自有儿女福，孩子们的心还是让他们操得好。

　　省略号说，你这话怎么让我听起来糊里糊涂的？我孩子们的心，是我孩子们自己在操哇！我的几个女儿虽然嫁得远些，但都很争气。大女儿早就住上了楼房，二女儿三女儿去年也建起了楼房，儿子的大棚种菜也是他们两口子在弄……

　　好，好！句号一个"好"字接一个"好"字，"好"得省略号眉头又皱起了。句号说，你皱什么眉头？我可是真心为你叫好。以前我总以为你不如我，现在看来你并不比我差。既然这样，你就该像我一样，每月叫孩子们给点钱，我们两个做个伴，安度我们的晚年……

　　省略号打断句号的话说，做什么伴？你有老伴，我也有老

104

伴，咱们过日子不是都有做伴的？

句号轻轻地在省略号的肩上杵一拳，倍显亲切地说，你这个家伙别跟我打岔了，再打岔，我就要怪你不够意思了。那是什么伴？我俩是什么伴？我俩可是同年同月同日来到这个世界的，也就是结伴来的。虽然你托生在一个成分不好的家庭里，我借了那个民兵连长爹的光，但这几十年里，你哪次受委屈我不是在心里为你难受……

省略号说，你是不是把话说得太远了，现在谁还有心思扯那些？你还是简单点，我还要赶路，我这担菜还要尽快挑到菜市场去，早一分钟就是早一分钟的价……

句号也打断省略号的话说，我看你这家伙真是有点不够意思了，我这个想法在心里已经憋了好长时间了，百分之百的好想法：我们每天结伴到街上一趟，买点想吃的回来，过个无忧无虑的晚年。一块来到这个世界，一块离开这个世界……说句不该说的，我要像你，也有干不完的事、操不完的心，儿女多次请我进城给他们带孩子，去了我都回来了……

我懂了你的意思。省略号接过句号的话茬说，可要我像你那样，我办不到，你说的那种日子我也实在是不想过。就说眼下，你赶街不过是去吃一碗馄饨或是一碗面，吃了回家干啥？睡觉！睡觉起来干啥？吃饭……而我，卖完菜，看看什么菜看好，下一茬我该种什么菜，才能有更大的收获。收获你懂吗？我有时候用收获的钱买一块排骨，有时候买一个猪头，加上萝卜煮一大锅，我儿子媳妇、孙子孙女吃得乐呵呵的，乐呵呵你懂吗……

罢，罢！句号打断省略号的话说，怪不得人们叫你省略号呢，你就这么省略下去吧！说完，不与省略号再说，往小吃城走去。

　　省略号也挑起担子，走上通往菜市场的道，歪着头，冲快步朝前的句号说，听好了，一个人如果感觉到活在这个世上无事可做了，他的人生不是打上句号了是啥？

幸福跑出来

李子胜

王二的老家在渤海边百里滩的玉坨村，是远近有名的渔村。时下赶上拆迁潮，很多邻村被征地，每人分了上百万的补偿款。玉坨村还没动迁，但很多村民早已摩拳擦掌，打算好好捞一笔。有人急着让家里的老人保养身体；有人则抓紧让刚成年的儿子结婚，抓紧生小孩。大家估摸着，多一个人头，可就多百十万呢。

王二有个大哥，孩子今年高考，考上了农学院。大哥把录取通知书偷偷藏起来了，说是怕户口迁走，没了补偿款。王二的弟弟也不出海打鱼了，整天要么耍钱、喝酒，要么就是和村里那帮年轻人三五一群地凑在一起，蹲在码头面红耳赤地争论啥牌子的车好——大家都在考驾照，打算最次也得买价值二十万元的车。

王二的老父亲却忧心忡忡，闷闷不乐。王二问，爸，马上就过上有钱人的生活啦，咋不高兴呢？老人说，你看村里小年轻们，突然对父母"孝顺"了——那是怕老人们早死，补偿款泡汤。寒心哪！我孙子的大学都不许上。老三更是败家子，有钱了，早晚也得败光！

王二也一筹莫展，不知道如何劝说哥哥和弟弟。

不久，拆迁登记开始了，上面放出话来，只要在某年某月某日之前在世的都会有补偿。这下村里的年轻人放心了，很多老人又回到了从前那不冷不热的生活状态。

又过了些日子，家族里有个老人去世了，王二从城里赶回玉坨村参加葬礼。从殡仪馆出来，王二看到了惊人的一幕：老人的三个儿媳突然蹿出人群，朝回家的方向狂奔。

王二目瞪口呆，悄悄打听怎么回事。知情人说，这是当地白事"大了"（白事操持人，很多白事的规矩都是他们兴起的）新搞的项目，是从北方某地的丧葬规矩里学来的。哪个儿媳先跑到家，哪个就有福气，老人的遗产就可以多分一份。

回村吃完酒席，王二在村里溜达，他这才发现，村里很多老媳妇、小媳妇，走路都是一溜小跑，看到王二，她们都不好意思地突然放慢步伐。他懂了——这是在提前锻炼呢。

王二找到村里的"大了"，想和"大了"好好谈谈。按辈分论，王二还得管"大了"叫三叔。

三叔，您也赶时髦，在村里兴起这么个习俗啊？让老人们看到儿媳妇们没事就跑步，多寒心哪！这不是在咒老人们早死吗？

三叔笑着说，这个习俗好啊。过不了多久，咱村可以开老娘们儿的运动会了。

一天早上，王二醒来后，发现身边的床空了，他老婆不见了。平时老婆最爱睡懒觉，特别是下岗后，身体跟发面似的，胖了一圈儿。七点来钟，一身运动装的老婆拎着早点回来了，额头上都是热汗。

你干啥去了？王二问。

我锻炼去了。你瞧我胖的，减减肥，省得你有外遇。老婆回答。

王二有点恼火，你早咋不锻炼呢？是不是盼着拿大奖啊？盼着我爸爸早咽气，好夺冠军啊？

瞧你说的。老婆撇撇嘴，我有那么财迷吗？你看看你大嫂，还有你弟媳妇，她们都在暗暗使劲呢，我可不想让人家说我不孝。我还报了一个太极拳班呢，内外兼修——我要夺冠军。

王二想想，也在理，就由着她折腾吧，总比在家蹲膘强。

半个月后，王二和老婆又回老家看父亲。进了村，他发现妇女们都是运动装束；在一些健身场地，女人们在踢毽球、跳绳……

到家后看到大嫂和弟媳妇也都瘦了一圈儿。使王二更觉意外的是，年近八旬的老父亲也面色红润，精神矍铄。吃饭时，他逗大嫂，大嫂，我都认不出你了——大哥虐待嫂子了吗？

大嫂说，老二，你别瞎说了，反正你嫂子现在吃嘛嘛香。

正说着，大哥和三弟也回来了，他们拎来一些海鲜。大家凑在一起吃饭。老父亲说，我琢磨好些日子了，今天，我把遗嘱和你们哥仨念叨念叨。将来有一天，办完我的后事，三个儿媳妇谁先跑回家，奖励谁五万元——有钱不能胡来，身体健康才是根本啊。我的三个孙子，谁读博士，奖励谁二十万元；硕士十万元——咱们眼窝子不能浅喽，孩子读书才有出息。今天，咱们演练一次，三个儿媳妇谁先跑到渔港再跑回家，我奖励谁五千元。说完，老人掏出一沓钱，放在大家面前。

比赛还真开始了，三叔被找来当裁判。结果，王二的老婆赢了。

王二老婆接过奖金，又塞到公爹手里，说，爸，我们可不图钱，我们就是想好好孝顺您老。大嫂、弟妹，你们说是不是？

王二心头一热，没想到老婆还有这个境界。他对三叔说，三叔，您这个点子好啊，大家都争着孝敬老人，身体也练好了，实在是高招。

三叔一指王二的父亲说，哪里是我的功劳啊，是老村主任想出来的，我们老哥儿俩联袂导演的。

说完，在场的人都笑了。

王二的侄子去农学院报到那天，对爷爷说，爷爷，那20万元可得给我留着，我一定拿个博士回来领奖！

后来，玉坨村整体搬迁了，搬进了政府建在城里的还迁小区。每天清晨，小区里的老年人、中年人和孩子们，都围着健身器材锻炼，王二也加入了太极拳训练班。

对了，他们住的小区叫幸福小区。大家都说，这"幸福"是跑出来的！

玉米的馨香

邢庆杰

那片玉米还在空旷的秋野上葱葱郁郁。

黄昏了。夕阳从西面的地平线上透射过来，映得玉米叶子金光闪闪，弥漫出一种辉煌、神圣的色彩。三儿站在名为"秋收指挥部"的帐篷前，痴迷地望着那片葱郁的玉米。

早晨，三儿刚从篷内的小钢丝床上爬起来，乡长的吉普车便停到了门前。乡长没进门，只对三儿说了几句话，就匆匆忙忙地走了。三儿便在乡长那几句话的余音里待了半晌。

明天一早，县领导要来这里检查秋收进度，你抓紧把那片站着的玉米搞掉，必要时，可以动用乡农机站的拖拉机强制执行。乡长说。

三儿知道，那片劫后余生的玉米至今还未成熟，它属于"沈单七号"，生长期比普通品种长十多天，但玉米个儿大，籽粒饱满，产量高。三儿还是去找了那片玉米的主人——一个五十多岁瘦瘦的汉子，伛偻着腰。

三儿一说明来意，老汉眼里便有混浊的泪滚落下来。

俺还指望这片玉米给俺娃子定亲哩，这……汉子为难地垂下了头。

三儿的心里便酸酸的。三儿也是一个农民，因为稿子写得好，才被乡政府招聘当了报道员，和正式干部一样使用。三儿进了乡政府之后，村里人突然都对他客气起来。连平日里从不用正眼看他的支书也请他撮了一顿。所以，三儿很珍惜自己在乡政府的这个职位。

三儿回到"秋收指挥部"的帐篷时，已是响午了。

三儿一进门就看见乡长正坐在里面，心便剧烈地顿了一顿。事情办妥了？乡长问。

三儿呆呆地望着乡长。

是那片玉米——搞掉没有？乡长以为三儿没听明白。

下午……下午就刨，我……我已和那户人家见过面了。三儿都有点结巴起来。

乡长狐疑地盯了他一会儿，忽然就笑了。乡长站起来，拍了拍三儿的肩膀说，你是不会拿自己的饭碗当儿戏的，对不对？

三儿无声地点了点头。

乡长急急地走了。三儿目送着乡长远去后，就站在帐篷前望着这片葱郁的玉米。

天黑了，那片玉米已变成了一片墨绿。晚风拂过，送来一缕缕迷人的馨香，三儿陶醉在玉米的馨香中，睡熟了。

第二天一大早，乡长和县里的检查团来到这片田地时，远远地，乡长就看到了那片葱郁的玉米在朝阳下越发蓬勃。乡长就害怕地看旁边县长的脸色。县长正出神地望着那片玉米，咂了咂嘴说，好香的玉米啊。乡长刚长出一口气，县长笑着对他说，这片玉米还没成熟，你们没有搞"一刀切"的形式主义，这很好。乡长心里一块石头落了地，脸上一片灿烂，心想待会儿见了三儿那小子一定表扬他几句。

乡长将县长等领导都让进了帐篷。乡长正想喊三儿沏茶，才发现篷内已经空空如也。

三儿用过的铺盖整整齐齐地折叠在钢丝床上，被子上放着一纸《辞职书》。乡长急忙跑出帐篷，四处观望，却没有看到一个人影。一阵晨风吹来，空气里充满了玉米的馨香。乡长吸吸鼻子，眼睛湿润了。

生命是美丽的

李永康

举目远眺，没有绿色，天是黄的，地是黄的，路两边的蒿草是焦黑的。尽管来这个地方之前，我有充分的心理准备，可眼前的景象还是让我大吃一惊。最难的是给乡村孩子们上课，书上好多外面世界的精彩，他们闻所未闻。一些新鲜的词汇，我往往旁征博引设喻举例讲得口干舌燥，他们却是一脸陌生。

有一天上自然课讲到鱼，我问同学们鲫鱼和鲤鱼的区别，他们一个个都摇头。他们压根儿就没走出过大山见到过鱼呀！我和学校领导商量，买几条回来做活体解剖，校领导露出一脸难色。我只好借了辆自行车利用星期天骑了三十多里路到一个小镇上自掏腰包买了几条回来。

那节课，同学们高兴得像过节一样，我却流下了热泪。

听当地的老师讲，这里的学生有个最大的缺点，就是上课爱迟到。但开学两个月来，我教的班还未发现过这样的现象，为此，我非常得意。我当年读初中的时候，不喜欢哪位老师的课，就常常采取这种极端的行为来"报复"。虽然最终受伤害的是我，我当时就是不明白。现在我也为人师表了，如果我的学生这样对待我，我又作何感想呢？

世界上的事就是怪，不想发生的事偏发生了。我把那位迟到的学生带到办公室了解情况。原来他家离学校有二十多里路，他如果要准时到校的话，早晨5点钟就得起床，还要摸黑走上十几里山路。夏天还可以对付，可眼下是深冬——寒风刺骨。我要求他住校，他说他回家和父母说说。第二天，他却没来上课。我非常着急，找了个与他家相隔几个山头的同学去通知他，他还是没来。

我在当地老乡的带领下，来到了他家。忽然间，"家徒四壁"这个成语从我的记忆深处冒了出来。面对他的父母，我哽咽着对他说，老师不要求你住校，只要你每天坚持来上课就行。离开他家的时候，他父母默默地把我送过好几道山梁。

出乎意料的是，家访的第二天，他居然背着被褥来到学校。我心里非常激动。可没隔几天，他又不来上课了。

我再次来到他家里。他父母告诉我，说他小时候常患病，身体弱，有尿床的毛病，他怕在学校尿床被同学笑话。

我问他想不想走出大山。

他说，想。

我说，要走出大山就得好好读书。

他抹着眼泪点点头。

我说，相信老师，老师会帮助你的。

这个冬天，每天早晨等上课铃响过后，我和另一位老师轮换着去查他的被褥。如果是湿的，我们就悄悄地拿到自己的寝室里烘干。

做这些工作，我们既是在尽责任，更是凭良知。坦率地说，我心里也有过埋怨，这个学生从来就没有当面向我说过半个"谢"字——想到这一点我就脸红——我是不是太自私太虚荣太渴望回报了呢？

一件事净化了我的灵魂。

我知道山村孩子的渴求，他们需要知识，更需要做人的道理。

课外活动时，我尝试着给他们读一些脍炙人口的诗篇："风雨沉沉的夜里／前面一片荒郊／走尽荒郊／便是人们的道／呀，黑暗里歧路万千／叫我怎样走好／上帝！快给我些光明吧／让我好向前跑／上帝说：光明／我没处给你找／你要光明，你自己去造！"

一双双纯洁晶亮的眼睛盯着我。我又声情并茂地朗读着穆旦的《理想》："没有理想的人像是草木／在春天生发，到秋日枯黄／对于生活它做不出总结／面对绝望它提不出希望／没有理想的人像是流水／为什么听不见它的歌唱／原来它已为现实的泥沙逐渐淤塞，变成污浊的池塘……"

下课后，同学们都围过来，要我把诗集借给他们传抄。我既高兴，又担心。

我看了他们摘抄的诗，有的抄了顾城的《一代人》，有的摘录了惠特曼的《我自己之歌》，有的摘了穆旦的《森林之魅》。我心里充满了喜悦。那尿床的学生却写了这样一句话："老师，你让我懂得了这样一个道理：生命是美丽的！"

霎时，我的眼泪夺眶而出。

德富老汉的最后结局

胡 炎

　　德富老汉给牛喂足草料后，便开始拉上牛去地里做活。在这样一个晴好的秋日下午，干瘦硬朗的农民德富老汉有着很好的心情，他和他多年相伴的老牛悠然地踩着村路往自留地里去。所有的乡野风光看上去都熟悉而亲切，就像他身上的一块皮肤，沙河依旧在潺流淌，细密的波纹永无疲倦地揉搓着那轮干净浑圆的日头，麦场上一座座麦秸垛依旧散发着新鲜的麦香。有几条狗在玩着游戏，有一条正值青春的母狗显然已经懂得恋爱了……德富老汉就这样和他相依为命的牛走过了他稔熟的田园风光的一部分，口里喷着辛辣厚重的旱烟，不时很有资格地咳嗽一声……现在，他和老牛已经进入了那片待耙的自留地，走入了他生命中一个至关重要的地方，当然，也是这篇小说的重要场景。

　　这会儿年逾六旬的德富老汉打量着遍布麦茬的田野，温煦的阳光在田野上跳荡，这是个让德富老汉愉快而情意缱绻的地方。德富老汉每当在这片土地上耕种和收割的时候，总能闻到先辈们的汗腥味和臭脚板子的浓郁味道，德富老汉便会陷入一种痴迷，觉得自己正走进一个恒远的梦中。而每每最后提醒他的，还是几声沉实绵长的牛哞。德富老汉觉得牛哞是这世间最美好的语言。

德富老汉喷出最后一口烟雾，把长长的烟杆子在地上磕了磕，而后深情地打量着他的老牛。这是一头温顺无比的动物，对于鳏居多年的农民德富老汉来说，它简直是一个宠物，是与他的生命息息相关的一部分。在漫长的岁月中，老牛以它的温顺、沉默和勤劳给德富老汉带来了极大的安慰，德富老汉很难想象假如有朝一日失去了老牛，他会是什么样子。

这会儿，天上的那轮暖阳正在缓缓西移，为德富老汉的人生烘托着一个结局前的氛围。这是一种难以言状的祥和，博大而宽厚，具有无比的包容性。当然，德富老汉对此浑然不知。他审视着他的老牛，他发现老牛的眼睛比平常更亮一些，一束犀利的光穿透了他。德富老汉并没有往别处想，他只是感到老牛是越活越精神了。老牛冲着德富老汉点了点头，德富老汉非常满意地笑了。这是他亲自调教出的牛，德富老汉还记得当初买下它时的样子，那时的牛是个烈性子，很难驯服的，德富老汉用鞭子蘸上水好一顿抽，牛哆嗦了一阵，便再不敢耍泼了。在以后的日子里，德富老汉细心地照料着日渐衰老的牛，夏扑虻蝇，冬裹棉褥，虽然还时不时要抽它一鞭子，牛也是毫无怨言的，只是更加肯卖力气。德富老汉想这牛是通人性的，它晓得打是亲骂是爱呢。

德富老汉向他的牛走去，开始为它套上耙犁。德富老汉右手攥住了鞭杆子，说：

"伙计，该干活了。"

秋日的下午一片静寂，德富老汉看到阳光在田地里流溢，金灿灿的，很合他的意。在田野的东北方约十五米处，就是德富老汉先辈们的坟茔，草木丛密，十分气派。德富老汉想这会儿先辈们也许正看他耙地呢，他是他们的后辈，是铁打的庄稼汉，不会丢他们的人。德富老汉向往着在这片田野上画上一个圆满的句号，而后到先辈们的中间去聆听他们对他这个后世子孙的评价。那评价一定是不赖的。德富老汉想。德富老汉曾为自己设计过几种结局：一种是寿终正寝；一种是正在田里做活便蓦地倒下，永远融入泥土，和先辈们一块扎根在这里，看世代沧海桑田，看自己的后辈们犁地；还有一种最美满的结局是和他的老牛一块静静地老去，相拥辞世，永不分离，为那边的列祖列宗们牵去一头有情有义的牛该是多美的事！这三种结局都让德富老汉坦然，这是一个温馨的境界。

德富老汉吆喝了一声。德富老汉的吆喝今天显得格外尖锐，划破长空，阳光也在震荡中轰鸣。阔大的田野渗进了德富老汉的声音，使德富老汉显得十分突兀而伟大。但是牛站着纹丝不动，好像根本没有听见德富老汉的吆喝。德富老汉感到了某种蹊跷，他又吆喝了声。整个秋天的下午被他的吆喝声撕开了一条口子，但是牛仍然无动于衷。德富老汉觉得忍无可忍了，他为老牛今日的反常举动大为不满。"畜生！"德富老汉骂了一声，气急败坏地奔到牛头前，劈头盖脸地抽下了鞭子……

这个秋日的下午在这里开始定格，德富老汉走进了他最后的结局。就在德富老汉的鞭子抽在老牛脸上的时候，老牛猛地往前一冲，将德富老汉顶在了地上，然后，老牛前腿跪在德富老汉的腹部，用尖硬的犄角挑开了德富老汉的喉咙……

几乎无人可以接受这个结局。德富老汉血肉模糊的身体被送进了先辈们中间，只是那头老牛被亲戚们打死后并未送去陪伴德富老汉，而是被剁成块分给村人吃掉了。

秋日一派祥和。

老 渡 船

巴图尔

塔里木河大桥桥址已经选好了，就离老渡口不远的河堤上。从勘测桥址到开工建设，杨大奎都看在眼里。说真的，他的心里总有那么一点失落和不好受。有人开玩笑地对他说，老杨，大桥一修起来，你就失业了。杨大奎总是冷冷地说，早该修了，修好了，你们再出门也就方便多了，再也不用看我这张老是吊着的驴脸了。

大家都笑他说话不拐弯。

杨大奎说，我这张脸就这样儿，不会笑，笑起来比哭还难看，所以我从不敢笑，笑了怕把你们吓掉到河里。

渡河的人说，老杨，不撑渡船了，你准备干啥呀？

杨大奎想了一会儿说，没想好，也不想那些事儿，等塔里木大桥修好了再说吧。

没事的时候，杨大奎就跑到塔里木大桥施工工地，看着建筑工人们绑扎钢筋，看着桥墩子一个个浇筑起来。在建的塔里木大桥越来越有桥的模样了，杨大奎心里也越来越亮堂了。他又望着在建的大桥发呆了。鲁秀妮觉得杨大奎自从开始建大桥，就有一点不对劲儿，总是望着在建的大桥发呆。看到杨大奎又坐在那里发呆，就说：又发呆呢？

杨大奎回过神来，看了一眼鲁秀妮，就去收拾他的老渡船去了。老渡船虽然感觉很沧桑了，但是杨大奎还是把它收拾得很整洁。他知道安全很重要，别人的生命财产，一上到老渡船就交给了他。这可不是开玩笑的事儿。修修补补，虽说解决不了大问题，但总归不会出什么大事儿。鲁秀妮看杨大奎提着工具又走了，她知道他去干什么。自己小声嘟囔着，桥眼看就修好了，还去修那条破渡船干吗？

老渡船确实很破了，他早就和连长说过了，再不换新渡船恐怕要出问题，出了问题就不是小事儿。连长说，老杨啊，大桥马上就修好了，你闲着没事儿的时候修修补补，将就个一年半载的，桥修好了，谁还坐渡船呀！

杨大奎心想，也是，桥修好了，谁还去坐渡船。能修就修，坚持大桥修好了，这条破渡船也就完成了它的历史使命。

塔里木河大桥修好了，在噼里啪啦的鞭炮声中通车了。通车那天，大桥上非常热闹，也来了很多领导和围观的人。塔里木河两岸农牧团场来了很多人，他们都想第一个走过新修的大桥。住南岸的人，内心比北岸的更激动，他们终于不再为出门而发愁了，也不用再看杨大奎那张老没笑脸的驴脸了。

杨大奎也去看热闹。很多认识的人都跑过来和杨大奎打招呼，老杨，你也来看热闹呀？杨大奎只是点头并不答话。有人说，老杨，大桥通车了，以后你干啥呀？

杨大奎笑了笑，说，干啥都行，最好让我给你们当连长。

大家都笑老杨会开玩笑了。

杨大奎一本正经地说，连长算啥？咱要干就干团长，不然咱就当一个兵娃子。

　　杨大奎乐呵呵地回来,对鲁秀妮说,今天太热闹了,像过节。停顿了一下,不,像过年,比过年还热闹。

　　鲁秀妮望着杨大奎问,什么时候回家?

　　杨大奎不吭气,蹲在地上只管抽他的莫合烟。吱啦吱啦的声响很刺耳,那感觉就好像没听到鲁秀妮的话。鲁秀妮瞪了一眼杨大奎,没好气地说,我在和你说话,听到了没有?杨大奎不紧不慢地吐出一口烟雾说,这不是家吗?

　　鲁秀妮一扭身就回屋去了,拿着他的脏衣服就走了。杨大奎望着老伴儿渐渐远去的身影,只是猛抽了一口莫合烟,继续蹲在那里,视线随着身影远去。老伴儿早就不把这儿当家了,他心里比谁都清楚。自从大丫头上学开始,团里就给他们家在团部分了一套房子,老伴儿就和孩子在那个家生活,老伴儿隔三差五来一趟,给他收拾收拾房子做顿饭,再把脏衣服拿回去洗了,再来时带来。孩子们放寒暑假才过来住上一阵子。

　　杨大奎把烟头往地上一撮,再踩上一脚就走到渡船旁。他回头看了一眼身后,并无往日那般情景,身后跟着要渡河的人。再望一眼不远处的塔里木河大桥,几个身影在大桥上缓缓地向南或向北移动着。杨大奎知道如果没有大桥,这些人现在一定都跟在他身后。他无意识地叹了一口气,走进屋里,提过一把斧子,高高地举过头顶。这条老渡船已经结束了它的历史使命了,塔里木河大桥修好了,以后谁还会再坐老渡船过河。杨大奎心想,要结束就彻底地结束,不然放在这里风吹雨淋的,还不如劈了拉回家烧火。

　　就在杨大奎使劲儿向下挥斧子的时候,他好像听到破渡船发出一声声响。他慢慢地放下斧子,眼睛死盯着老渡船,可是并没有看到什么异常。再次举起斧子,那声响再次响起。举起几次斧子，他都听到了同样的声音，他走到一个小土坎前蹲下，望着静静的老渡船，他突然觉得自己很陌生。为什么要劈了老渡船，他和老渡船相伴快二十多年了，虽说老渡船如今已残破不堪，可是在老渡船上有他太多的记忆了，好像他这二十年的生活，都和这条老渡船有关。

现在他明白了，那种声响是从他的体内发出的，忽然他感觉到自己的鼻子发酸，两行泪水也像蚯蚓一样，在他的脸颊上蠕动。杨大奎没有抹去眼泪，而是迎着塔里木河上的野风伫立着，让泪水尽情地流淌。直到夜幕降临，杨大奎才感觉泪已经流干，他掂起手里的斧子，看了看，抬手使劲一挥就进了塔里木河。

第二天，天刚蒙蒙亮，杨大奎就起了床，从屋里搬出一大堆修老渡船的工具，又开始认真地修补着老渡船。

航 标

沈 明

　　虬江是条出山的主航道，先窄后宽，先前山里大量的竹木石料都是顺着这条主航道顺流而下漂流出山的。虬江又是大山的主要泄洪道，每年洪水季节，大量的洪水流经虬江，一泻千里，奔腾而下，一直到平原才收敛其汹涌之势。

　　虬江航道八公里处是急水湾，向来是人迹罕至的江湾。枯水季节，急水湾却是个浅水湾。砂石江滩被几块巨石分隔，湍急的水流分成多条细流，折尺般蛇行，时分时合，一路蜿蜒下行。即使到了枯水季节，这江水仍很凶险。其他的不说，单说这分流的走向，就充满玄机，每每随着水势的不同，每一条分流总是变幻莫测。有的，开端看似平稳，说不定几股水汇流后呈汹涌之势，跌宕直下，驾驭不住便会船毁人亡；有的，开端看似张扬，说不定半路上水分流了，最终所有的水都渗入沙石里了，船就搁在沙滩上，再也无法动弹。而这些分流常常会因洪水的冲撞而变幻莫测。有时，上趟行船时还是这条分流，几夜暴雨后，第二趟行船时水路就面目全非了。若是遇上暴雨，这虬江可说是孙大圣的脸——说变就变，谁也摸不准。

　　李松是虬江航道段的航政股长，他当股长之后，力主在急水湾设一个航标站，派人驻守。然而这急水湾，除了下水的水路外，实因山高路窄，一般的人很难到达。建站时，是从山下运来一些竹木石料，才建了小木屋。建站后，段里派人轮流值守。值班者不但出行艰难，一守半月，而且也非常寂寞无聊，遇上鬼天气，物资供应跟不上，只能干着急。谁也不愿轮上这苦差事。

在李松当股长之前，人缘不错，谁都说他好；可为了这事，段里所有的人，包括家属，都在背地里骂他。

55 岁时，李松主动跟段长提出股长不想当了，想去急水湾守航标。他说，这事是他惹出来的，就让他一个人承担这份责任好了。段务会上，大家都没反对，觉得这事只有这样。

那年，李嫂也正好退休，夫妻俩就卷了铺盖，离开航道段的家属大院，成了急水湾航标站的专职值班员。吃的用的，李松让下行的船筏老大从山上捎带下来，平时自己在小木屋的四周开荒种地、养鸡养鸭，倒也能够自给自足。李松长年累月住在山里，很少与外界联系，收听天气预报，仅靠一台收音机。至于工资啥的，也是在山外的女儿代领了存着，在山里他们其实也没啥用处。

一待，李松夫妇俩在山里就待了整整二十年，先前大山里向外运竹木石料的主航道，随着竹木石料的限制采伐，主航道的功能渐渐弱化。最终，虹江上游取消等级航道设置，仅仅作为泄洪道，航道段不再管理。

这事，其实是在李松进山的第八年决定的，段里所有的人都没把这当一回事，也没有任何人进山或者捎话告诉他，李松根本不知道虹江上游被撤掉航道设置的事，仍然兢兢业业地驻守着航标站。他只是觉得，跑这水路的船筏越来越少，但他觉得即使一年只有一条船筏经过，他仍有职责确保他们的安全。

　　虬江竹木石料限制采伐以后，沿线竟然成了旅游胜地。急水湾成了其中一个旅游点，来此地漂流的人多了起来，而且越来越多。一条简易的盘山公路把游客送过来，再用橡皮筏放下去。急水湾成了旅游景点，李松无形中忙了起来。枯水季节，他要勘察各个分流，设置航标，禁止误闯危险水道。洪水季节，他要收集气象、水文资料，发布洪水危险警示。可是，承包漂流的老板，不理他那一套。李松穿着陈旧的航政员制服，据理力争。

　　李松 75 岁生日那天被人告发。一大堆举报材料被人送到有关部门，说李松作为一名退休的航道管理公职人员，长期霸占航道资产，夫妻俩二十年工资基本不用，霸占公家的竹木房子不出一分租金，私自开垦公家的山坡种地、养鸡养鸭。而虬江上游航道设置已经撤掉十几年了，李松还私自霸占水道，把公家水道占为己有，不给好处，不让通行。

　　有关部门派人专门找李松谈了一次话。到这时，李松才知道虬江上游航道设置早已撤销的事，他愣愣的。李松跟和他谈话的干部说："我……我是该退休了，只是不放心这急水湾。"

　　就在李松思前顾后离开急水湾几个月后，当地报纸上有一篇篇幅较长的人物事迹报道，说一位退休的航道管理人员二十年如一日，在荒山野地里默默守护着一段废弃的航道，义务救助遇险人员六人，帮助打捞遇险物品难以计数。据说，这是有关部门提供的素材，为的是给老人一个说法。

　　报道见报的当日，急水湾漂流点出了大事故，两条漂流艇误闯急流，翻了，三人受伤，两人殒命。漂流点承包人被公安部门带走了。

　　李松夫妇又进山了。出发前，李松把房子过户给了女儿。这次，他拿到了当地政府的一份聘书，仍然是义无反顾，还是义务的。

爱 情 水

乔 迁

　　地震来临的时候，他们正在吃饭。这是他们最后的晚餐，吃过这顿饭后，他就要离开这个家了。他离开，并不是因为他有了别的女人，也不是因为不爱她了，而是他无法把自己的爱化作点点滴滴的生活交付给她。他忙碌奔波的工作使他无法陪伴在她身边，给她关爱，给她呵护。而她，却是一个需要爱情化作生活点滴围绕在身边的人，需要男人呵护的女人，这却是他无法做到的。做不到，便只有离开，彻底地离开。这种离开，也是爱。

　　屋外的阳光美美地，透过薄薄的窗纱洒进屋里，淡淡地洒在他们的身上。她坐在他的对面，泪水一次又一次地打湿了饭碗，饭碗里除了菜与米，还有她的泪水。她扒了一小口米，咸咸的。她抬起泪眼，望着他，他刚毅的面孔告诉她，他真的要离开她了。她恼怒地把饭碗往桌子上一摔，咬着牙说道："你一定有相好的了，一定是。"但她的表情却透露，她知道他没有相好的，她这么说，除了气愤，还有对他的爱。想到爱，他的心猛地痛了一下，他们结婚三年了，一千多个日夜，他陪伴在她身边的日子总共也没超过一百天。他心里突然愧疚不已，伸出手，伸向对面她放在桌子上的手。他想抓住那双手，紧紧地握在手心里，永远不再松开……可是，他做不到。他的手在半空中停住了，停顿了一下，慢慢地回缩，回缩到自己的胸前，他艰难地吐出了一句话："对不起。"

她的期待瞬间落在了尘埃之中，双手掩面，失声痛哭起来。

餐桌突然晃动了一下，桌子上的碗碟与桌面撕扯着发出"咯吱咯吱"的叫声。她抬起头来，目光疑惑地望着他说道："你晃桌子干什么？"她看到了他惊恐的面孔——桌子不是他晃动的。他猛地飞身而起，扑到她的跟前，一把抱住她，迅速地钻进了桌子下面。也就在这一瞬间，她感到了天翻地覆般剧烈的摇晃。桌子被摇晃着跑动起来，他松开她，死死地抓着桌子腿。摇晃让她本能地抱住了他，抱住他的那一瞬间，恐惧像胆小鬼一样退后了。她紧紧地搂住他，她想她不会再撒手了，不论他走多远。"松手！"他大声喊道。她一愣，并没有松开手。"快抓住桌子腿！"他又大喝一声。她松开了他，他威严的指令使她不由自主地迅速地抓住了桌子腿。他松开了桌子腿，向外爬去。他要弃我逃命去了。她顿时心冷如冰。来吧，来吧，砸死我吧！她听到了自己心里发出可怕的吼叫声。

他爬出桌子，巨大的摇晃使他根本站立不起来，他只好趴在地上，努力地爬去。她看到了他的爬行，急急地爬行，不是向门口爬去，而是向不远处的地上正在滚动着的一瓶水爬去。他奋力地一个鱼跃，那瓶滚动的水被他死死地抓在了手里。他转过身，努力地向桌子下面爬来，她明白了，泪水顷刻飞泻而下，她大喊道："快，快呀！"

"咯吱咯吱"的叫声强烈地响起，他和她都看到了：墙壁在倾斜，即将卧倒的倾斜，他们立刻就要被倒塌的房屋埋住。

她惊叫起来，她看到他的脸上滑过一丝微笑，奋力地把手中的水瓶掷向她……"轰"的一声，一切归于黑暗之中。

　　救援人员在四天后找到了她，她在桌子下面，几乎毫发无损，她的手里紧紧地抱着一瓶水，紧紧地搂抱在怀里，瓶子里的水一口也没喝。她已经停止了呼吸。救援人员想不通，这瓶完全可以让她活下来的水，她为什么一口也没喝，而只是紧紧地抱在怀里，像搂着她亲爱的人。终于，在离她不远处，救援人员挖出了他。那一刻，所有的人都哭了。

青岛啊，青岛

刘兆亮

青岛是一个很美丽的城市。我那时认为它恰如其分的美丽是因为父亲去了那里。

自从父亲去了青岛，这个离我八百里的地方突然有了亲和力和感召力。尊敬的青岛市民也好像一下子都成了我的亲人，我特别挂念青岛，想念他们。

父亲是去青岛干建筑小工的，抬水泥、搬石块、挑砖头是他的工作。但这是次要的，父亲在青岛生活和工作了，这是让人感恩的事。

那时我正上高三，父亲带着家中最破的被子和那顶漏雨的安全帽到县城坐火车。因为还有四十分钟的空闲，父亲就到学校去看我。但他并没有见到我，他的脚刚好踩到上课铃声。父亲就给看门师傅留了一张字条，写道："儿，我去青岛干活儿了。青岛好啊，包吃包住一天二十块钱。你好好念书，争取考到青岛去。"落款是"父亲亲笔"。

这是父亲写给我的第一封书信，是写在随手捡起的烟盒上的，烟盒上脚印清晰可辨，比父亲的字还工整。但父亲的字比它精神多了，撇撇捺捺都有把持不住的去青岛的激动之情。

青岛好啊！父亲这个赞美诗般的感叹也是听别人陈述来的。父亲没去过青岛，甚至他连比县城更大点儿的城市都没去过，但父亲那时去青岛了。看到父亲的留言，我很高兴。

　　从此以后，我的学习和生活便有了"青岛特色"。地理课本上的胶东半岛成了我的维多利亚港，历史课本上德国强占青岛的章节让我深刻铭记，青岛颐中足球队成了我心中的巴西队。而我的高考志愿上，打头阵的都是青岛的大学。

　　父亲在一个叫观海山的山上建花园。山不太高，但站在屋顶上可以看到海，下雨天不上工，父亲就上山顶去看海。看海是父亲最高级的精神生活。在他的物质生活方面，让他津津乐道的，是能隔三岔五吃到两块五一斤的肥肉膘。父亲说，瘦的他们才不爱吃呢，青岛的肥肉真贱！父亲说，乖乖，青岛就是青岛啊！

　　但青岛没有及时给他发工资，这是堵心窝儿的事。父亲说，肥肉很香，但一想到钱就咽不下去了。

　　父亲走时只准备了二十五块钱生活费，父亲花了四十天。之后，他摸口袋时，兜里只剩下五个手指头了。当然，在他的内裤边，母亲还连夜为他缝进了五十块钱。但那钱不能动啊！

　　青岛怎么不发工资呢？老板解释说临时有点儿困难，让父亲等人顶一顶。父亲觉得那个李老板说的话不虚。以前李老板让父亲下山替他买的烟都是十多块钱一包的，现在下降到四块多钱一包了。

　　给李老板买烟是父亲难忘青岛的另外一个原因。

　　起初，父亲买烟买得一肚子得意，觉得老板还挺把自己当回事。等父亲戒烟了——实际是没有闲钱买烟了，他才感觉到买烟成了一种煎熬和痛苦。

父亲每次烟瘾上来的时候，都要到厕所尿一泡尿，每次进行的时间都很长。他低头思考着什么，最后还是使劲地捏一把那缝在内裤边的五十块钱，忍了。

但父亲经常把烟包放在鼻子下使劲地闻一闻。闻一闻烟又不会少，没事的。有几次他甚至就想把手中的烟往腰里一别，一口气跑回家，坐在田头再一口气抽光。边抽烟边看玉米生长，多美的事儿啊！

但父亲是个老实巴交的人，这也是老板习惯让他买烟的根本原因。父亲觉得自己挟烟出逃的想法太匪气了，也不切实际。父亲比较实际的做法是，爬山时多弄出点儿汗，递烟给老板时好让他酬劳给自己一根抽抽，但是没有。只有一次，李老板客气地说，剩下的三毛钱硬币不要了，看你累的，头上的汗珠子比雨点儿还大！父亲不收，两个人互相推让，干活儿的人都把手中的活儿停下来看他们。李老板生气了，大喝一声后又把声音压得低低的，拿着，对，拿着。父亲的兜里就多了三毛钱。

父亲想等下次再多出三毛，还有再下次，再再下次……

但李老板已经好几天没让父亲买烟了，也就是说李老板已经很少过来了。慢慢地，父亲他们就感觉到李老板可能在耍熊蛋了——他要跑掉了！

大家也很久没能吃上肉了，伙房的人也好久没接到钱了。

工程没完，老板就跑了，碰上这样的事，算是倒了八辈子霉。

父亲等人也不能干等着，就买了车票回家。父亲他们都偷偷地进行着自己的工作：有的与父亲一样拆开了内裤，有的翻起了鞋子，有的把被子里的棉花团弄开……那里是事先准备好的回家的路费。我们那里的习惯，路费多少就缝多少。

父亲把他在青岛的这些经历讲给我听的时候，我还在等青岛方面的大学通知书。青岛与我的关系还八字没一撇。

但青岛朝我走来了。我被青岛一所重点大学的土木工程系录取了。

那天父亲把烟头抽得很兴奋，他满眼亮亮的，左手比画着青岛宽阔的马路怎么走，还一个劲儿说，青岛好啊！青岛好啊！

我不知道，当父亲赞美诗一样地感叹青岛好的时候，他的右手在口袋里把从青岛带回来的那三毛钱都攥出了汗！到了学校后我才发现，那三枚硬币，被父亲打进了我的背包——那是父亲在青岛赚取到的财富，儿子应当继承。

公 牛

陈 敏

坐在我对面的老安在即将面临退休的这几天，一改往日的沉默寡言，突然变得喋喋不休起来。

老安一直是局里出了名的"特殊"人员，他脑袋出过问题。

事情发生在老安还年轻的时候。一次，在一个村子办案，他蹲在地上做笔录。围观的人群中，一个傻子突然从地上捡起一块石头，笑呵呵地走向他，朝他的后脑勺拍去。老安当场昏厥，被送进医院抢救，一周后才醒过来。但他大脑严重受损，遗忘了曾经发生过的许多事，好像他记忆的库存在那场事故后被清空了。不过，老安依然保持着较高的公安素养，多数情况下，他都选择对周边人与事保持沉默。

可今晚值夜班时，老安打开他的话匣子，突然对我说，他想起了他曾经办过的一桩案例。他的眸子在灯光下明亮亮的，这也让我吃惊。我说，赶快讲出来吧，讲出来或许便能恢复记忆。他冲我一笑，说，一旦想起来就不会再忘掉了。

老安说，他参加工作那年只有十六岁，在乡派出所做干事。有一天，一个女人来报案，声称邻居家的公牛强奸了她家的母牛。

老安一听没忍住，扑哧笑了。

女人显然不满意他的笑，向他大吼："你到底管还是不管？"

所里就老安一人，他生平第一次接案子，还没有办案经验。

"管！"老安作老练状，想了想，问，"你要告牛呢，还是要告邻居？"

"当然是邻居。牛是哑巴牲口，告也没用，我跟牛的主人结仇多年，咽不下这口气，我要让他给我家母牛赔偿损失。"女人说话声音很大。

老安说："那就去看看吧。"

于是，女人领着老安去察看现场。

女人邻居家门外的一棵杏树下确实拴着一头公牛。公牛的男主人正在给牛添加他刚从山上割回来的新草。

老安拉着长长的声调向公牛的主人提问："你邻居告你家公牛强奸了她家的母牛，有这回事吗？"

公牛主人看了老安一眼，说："是，有这回事，今早赶牛去河里饮水，两头牛在河边相遇，我抽出烟袋刚准备抽烟，一眼没看住，她家母牛让我家公牛占了个便宜。"说完，一巴掌抽向公牛的屁股。公牛一惊，吓得尾巴直往回夹，屁股连忙后转，像是明白自己做了一件坏事。

老安说："既然你承认了，那就赔人家损失吧，赔母牛主人二十元，并要严管你的公牛，以后不要犯类似错误。"

公牛主人不再言语，转身回屋取出了皱皱巴巴的二十元，递给了母牛主人。

案子轻松结了。

又过了一段时间，老安说，他记不住准确时间了，过了不到一年吧，这个已结的案子又翻了过来。

这一次，告状的是公牛的主人。他黑而红的脸上挤满了委屈。

"你说我冤枉不冤枉，赔了她那么多钱，还让她得了两只小牛，她家母牛下了两个牛犊，昨晚下的。你说这公平吗？"公牛主人强烈认为，他吃了亏，他家公牛更吃了亏。

老安这下有点儿蒙，案情显然升了一级。

他想了想，说："再去看看吧！"

老安又被公牛主人领着，去现场察看案情。

母牛的牛圈里确实多出了两只小牛，是母牛前一天晚上下的。两只小牛颤巍巍的，腿还有点儿站不稳。母牛的主人忙着给牛妈妈磨豆汁，看见老安，喜洋洋的脸突然一拉，问："咋的？"

"人家赔了你二十元，可你却收获了两只小牛。所以，你理应把人家的钱退回去，这样才算公平。"

老安本以为女人会死搅蛮缠，没想到，女人很爽快地答应了，说："哎哟，他不告我，我也会还他钱的，看他那死狠劲，把牛骗得那么惨，我看了都心疼，至于吗？"

女人边说边给老安描述公牛被骗时的惨状："他叫了七八个壮劳力，把牛捆绑起来，将牛蛋套在一个布袋子里，用板子使劲骗，牛疼得眼泪长流，哭得可惨了！哎哟，跟牲口较什么真？"女人边说边从怀里摸出钱，递给了老安，说："给他吧！"

老安说，那时人心尚古，这一独特的案例在他后来的办案中再也没有遇见。

我问老安那两家的隔阂是否得到消除。老安说，隔阂随着两头牛结下的亲情而消除了。可遗憾的是，公牛没活多久就死了。可能它的主人骗它时下手太重了。不过，老安补充说，母牛的主人后来主动把一只小牛犊给了那个男人。

祝你平安

吴万夫

在我的对面坐着母子俩。母亲三十来岁，皮肤微黑；小男孩八九岁模样，一双大眼睛忽闪忽闪着。

为了打发旅途时光，我掏出随身携带的一本《契诃夫小说集》，埋下头默默读起来。

或许是契诃夫的小说太精彩，那个下午，我一直沉浸在契诃夫为我营造的故事氛围中，没和任何人说一句话。因为看书时间太长，有几次，我不得不搁下契诃夫的小说集，用两个食指来回按摩眼球，以此消除视力疲劳。这时，我发现坐在对面的那个小男孩，总是用一双疑惑的大眼睛忽闪忽闪地看着我。

我对那小男孩友好地笑一下。

小男孩发现我在看他，连忙拘谨地低下头。

列车仍在呼啸着向前奔驰。

当我又一次拿起《契诃夫小说集》时，对面的小男孩突然伏在年轻妇女的耳边轻声说道："妈妈，对面的叔叔是个哑巴，整个下午一句话都没说。"

年轻的妇女赶紧用肩膀碰了小男孩一下："孩子，别瞎说，这样对叔叔不礼貌！"

　　为了逗一逗那个可爱的小男孩，我竟鬼使神差地对他说："叔叔不是哑巴，叔叔是一个身患癌症的人，这种病很厉害，一旦得上……叔叔并不是不想说话，叔叔只是想利用时间好好学习……"

　　天啦！我突然发现对一个少不更事的孩子说有关生死的话题，未免有些近乎残酷。但说出的话，泼出的水，想收已收不回了。

　　因为嗓门太大，邻座的旅客纷纷投过来探询的目光。

　　有人说："你年纪轻轻的，怎么会得癌症？看你这样子，不像是癌症患者——你不会是在开玩笑吧？"

　　我只好顺着这个话题说下去："你见过有人拿这种事开玩笑吗？我得的是肝癌，肝癌是癌中之王，你懂不懂？"

　　这时有个大胖子凑过来，一再要求我留下住址。他热心地说："我祖上一直是中医，我回家后抄一个祖传治癌秘方给你，相信我，我会帮助你，而且，不收一分钱……"

　　我说："谢谢老哥，你的一番心意我领了。我本身就是一位医生，我知道这种病治不好……"

　　周围的旅客很诚恳地劝慰我："你应该鼓起勇气和信心，这样才能战胜病魔，千万不要颓废……"

　　我用一种很沉缓的语调告诉大家："谢谢各位对我的安慰，我对生死看得很开……"

　　"你现在要到哪儿？是去大城市治病吗？还是……"有人终于警觉地触及实质问题。

　　"我不是去治病，也不是去自杀，我要利用这最后的时间，好好领略一下祖国的自然风光……"我饱含深情地说。

　　"先生，对不起，孩子不是有意的……"对面的年轻妇女一叠声地赔礼道歉，并让她的儿子剥了一只香蕉，双手颤颤地递到我的面前。

紧挨我身边的一位老人终于开口说话了："年轻人，好样的！和你相比，我真是个孬种呀！其实我今天坐这趟列车，是想到一个很远很远的地方去自杀。我多蠢呀，不就为针鼻儿大一点疙瘩解不开嘛！我现在想明白了，我下站就坐车返回……"

另一对青年男女，这会儿搂得更紧了。男的伏在女的耳畔，嘟嘟着什么。女的用小手捶了男的一下："你坏，你坏！你看人家，多不易呀！你一定要珍惜我哦。"

至于男的"坏"什么，我已顾不得考究了，因为我这时被一种感动久久地包围着。

车厢里又走来一位残疾艺人，他长年奔波在这趟列车上，用一支又一支的曲子打动着每个富有同情心的人。

残疾艺人的口琴声悠然响起的时候，人们纷纷从兜里掏出硬币，塞进他的褡裢里。

那位残疾艺人终于来到我面前，我在兜里左寻右找，却没有找到零币。我只好把一张十元面额的票子塞到他的褡裢里。他正要隆重道谢，这时有人责备道："你怎么能要他的钱？他是一位癌症患者！"

旅客的斥责，不啻一颗火星，烫得那位残疾艺人愣在那里，嘴里喃喃自语着："你……"

"这是一位癌症患者，请你不要讨他的钱。"有人又一次善意地提醒道。

那位残疾艺人定定地立在那里，用征询的目光望着我，不知是该要我的钱，还是不该要我的钱。

我便用一种很和蔼的目光罩住他："收下吧，你也不容易！"

那位残疾艺人便不再和我推让，卸下肩上的褡裢，正正身子，开始为我吹奏一支又一支曲子。吹《十五的月亮》，吹《世上只有妈妈好》，吹《好人一生平安》……

他吹奏得是那么全神贯注，满车厢的人都屏声敛气，没有一个人吭声儿。吹到动情处，他的整个身子都随着节律夸张地晃动，涎水顺着口琴流了老长……

口琴声伴着我到达了终点站，满车厢的人都纷纷站起来为我送行。人们主动为我让道，有人还特意帮我拎下行李，仿佛我真成了一个行将就木的癌症患者。

列车上，不知谁带头唱了起来："祝你平安，祝你平安，你永远都幸福，是我最大的心愿……"

歌声在口琴的伴奏下，一直飘荡了很远。

我伫立在站台上，早已泪流满面。我真没想到和小男孩的一个玩笑，却引来那么多人对我的牵挂……

舞 龙

蔡呈书

正月十一，宾州舞炮龙。

炮龙最大的看点，就是宾州人的勇敢。那舞龙人不顾严寒，个个赤膊上阵，任由猛烈的爆竹在自己身上炸响。

李承龙在仁兴街一直舞龙头。他的父亲当年就是宾州城里一个舞龙头的好手，为了鼓励儿子继承父亲的志向，就给儿子取名为"李承龙"。李承龙今年三十八岁，长得肥头大耳，膀阔腰圆，浑身有使不完的力气，舞起龙头"呼呼"风响，真个是生龙活虎。李承龙还有一个特长，就是不怕炮炸。舞龙头的人特别容易遭炮轰。因为放鞭炮的人总爱往龙头上炸炮，那炮炸得越多越响，就代表新的一年里做事越旺。别个舞龙头的人一夜下来，浑身灼痛，回去后得涂上一层药水，然后垫上芭蕉叶睡觉。而这李承龙却能任由鞭炮在他身上炸响，只当给他搔痒痒。

今年来宾州城观看炮龙的外地游客特别多，李承龙也特别兴奋，往他身上炸响的炮也就特别多。他光光的膀子上便满是红红的炮屑。

人们都爱追李承龙的龙头。宾州城的风俗，人们喜欢拔炮龙的龙须揭炮龙的龙鳞。相传在炮龙节揭的龙鳞越多，新年的好运就越多，能拔到龙须的，则好运更旺。而今人们当然不迷信这个说法了，但还是喜欢做这个游戏。李承龙的龙舞得特别威风，所以能抢到猛龙的龙须或龙鳞，既好玩又刺激。但是想要拔李承龙的龙须揭李承龙的龙鳞，却不是那么容易的事情。你的手刚伸出，李承龙就会把龙忽地一转，钻到炸响的爆竹丛中。只有那些智勇双全的人才能抢到李承龙的龙须或龙鳞，所以人们喜欢以揭李承龙的龙鳞来测试自己的智勇。

吴大浩就喜欢玩这个游戏。吴大浩喜欢和李承龙斗。小时候，吴大浩就经常和李承龙掰手腕子，难分输赢。长大后，两人也还一直在较劲。在吴大浩看来，自己无疑是个赢家。他经常得意地开着自己漂亮的小轿车，忽地从骑着破摩托车的李承龙身边擦过，然后长按一声喇叭，扬长而去。而李承龙只能在后面无奈地大骂一声："狗娘养的，为富不仁！"

今晚，吴大浩决定要拔李承龙的龙须。"你这为富不仁的家伙，休想！"李承龙狠狠地骂着，故意挥舞着龙头从吴大浩的身边掠过，肆意地挑逗着吴大浩。

吴大浩受到激惹，跳将起来，手猛地往龙头抓去，"我要把你的龙头拔下来，看你还神气不神气！"李承龙却把龙头突然来个一百八十度大转弯，龙就倏地飞舞到街道的另一边了。吴大浩扑了个空。

这时，李承龙看到了人群中有一双熟悉的忧郁的眼睛。李承龙就把龙头俯冲到那双眼睛的前面，并朝他拜了两拜："小沙子，精神点儿，拔根龙须回去，祝你今年好运！"李承龙朝着那双忧郁的眼睛大喊。

小沙子忧郁的眼睛里突然放出了一丝光亮，双手怯怯地拔了一根龙须。李承龙哈哈大笑起来，朝着那双眼睛大呼："小沙子，你成功了，你真棒！勇敢点，不要向生活低头，龙会给你带来好运！"说完，龙头呼地就往上扬，昂然地掠过了吴大浩的头顶。

吴大浩恼羞成怒，点燃一支烟花，"嗤"地向龙头射去。

龙头着火了。

李承龙就灿烂地舞动着这条火龙，轰轰烈烈地舞到只剩下几条筋骨……

其米的马腿骨

徐 东

　　守树人其米在乱石与稀疏的草中发现一根被太阳晒黄了的马腿骨，本来他可以把那根马腿骨放在原处，他却放进了自己的褡裢。

　　其米的心里有一根马腿骨，他想要一只真正的马儿，一个像花儿一样的女人。

　　其米每天晚上都做梦，他梦到白玛穿了一件新氆氇，朝他笑，问他好不好看。

　　其米知道自己是在梦里，可他想要看看自己的梦是不是真的，于是天还没有亮就去了县城。

　　白玛在县城里开商店。

　　其米在白玛家的商店对面站着，莫名地想引起白玛的注意，于是他装成瘸子在白玛的商店门口走了几个来回，一次比一次瘸得夸张。

　　街上的人注意到他的变化，都停下来看他。

　　后来其米跳起了舞，越跳越快，几乎就成了一团滚动的光。

　　再后来他停了下来，阳光照在他身上仿佛随便照在一块山石上，其米长长的头发有些乱了，散在空气里。

白玛笑了。白玛笑了，就像梦里一样，其米的心泛起了甜味儿。

其米不再装瘸了，他走进白玛的商店。

其米对白玛说，去穿上你的新氆氇。

白玛笑着说，奇怪啊，一个好端端的人变成了瘸子，跳一阵子舞就又变成了好端端的人了……

街外面围了不少看热闹的人。

其米拉起白玛的手说，走吧，白玛，走吧，去我守着的树林吧。

白玛的哥哥普琼走过来，把其米打倒在地上，用脚踢其米的头，其米被踢昏过去了。

其米醒来的时候发现自己还躺在街面上，耳朵嘴巴都流血了，头痛得像是麻木了。他眯着眼，看围在他身边看他的那些人，觉得他们像空气，让他想要狠狠地咬一口。

后来其米有了一匹马，他骑着马走过县城的街道，并不看在商店里卖货的白玛。

普琼对别人说，其米这小子还是欠揍。

不过普琼不敢再对其米动手了，因为他看到其米的腰里有了一把长长的刀，那把刀的刀鞘正是用马腿骨做成的。

其米在茶馆里喝茶时放出话去，说谁要是敢惹他，他就准备跟谁拼刀子。他不想活了，理由是他守着的树离了他是可以继续生长的。没有爱情也没有了梦的他，活着有什么意思呢！

其米每一天都骑着马从白玛的商店门口走过，过了有一个月时间。

白玛在一个下午去了其米的树林。

白玛有些喜欢上了骑着马，带着刀，爱着自己的其米。

白玛走进其米的石头房子，穿着新的氆氇，朝其米笑。

白玛说，我的氆氇好看吗？

其米感觉到自己的心里发酸，酸中泛甜，甜里面有了苦味儿，他看到漂亮的白玛送上门来，却不知该怎么办了。

其米解下腰上的刀子说，我用那根给了我梦的马腿骨做成了刀鞘……其米抽出刀子来说，有了刀，我的梦从此就消失了。

白玛说，我想我是喜欢你的。

是吗？我想……想抱着你哭一下。

白玛让其米抱着，后来脱掉了自己的衣服。

其米很紧张，他说，你走吧！

白玛莫名地哭了，她说，谁能理解谁呢，你看，天黑了。天黑了，我想我在你的树林里也会变成一棵树吧，不是吗，其米？

他抱住了白玛，从此白玛常常在天快黑的时候来到其米的树林里，与其米睡在一起。

当白玛怀了其米的孩子的时候，他们不得不考虑结婚了。

其米去白玛的家时，仍然带着刀，见到普琼时，他说，我带着刀子来，所以你得考虑一下变成一棵树，而不是心狠的普琼。

普琼笑了，他拍拍其米的肩膀说，对不起其米，我的妹夫，现在我觉得我是踢在我自己的头上了。

对于善良而特别的其米来说，有了白玛，新的生活展开了。

1989 年的火灾

杨崇德

千龙镇往北有座不起眼的山，叫令公山。令公山除了有座破庙外，石多树少，别无风景。然而，方圆几十里的村民都看中那座庙，说令公庙灵验无比，要风得风，要雨得雨。

1989 年，我被派到令公村扶贫。令公村就在令公山脚下，是个自然村，人口不多，加起来不足五十户人家。村民东一团西一团散居在令公山下。和我一道扶贫的还有县消防大队的小伍，一个正在谈恋爱满脸长着红痘痘的小伙子。我们寄住的村户就在令公村最集中的西头，村主任和支书都住那儿，我们好联系工作。

令公村没什么出产，唯一让人相信的却是令公庙的灵验。听村人说，某某村某某多年没有生育，在令公山上走两趟，回去就怀了；某某村的某某脚肚子无缘无故胀痛一年多，连走路都要人背，后来背到令公山上住了一晚，烧了几炷香，喝了几碗水，第二天就能行走如飞……各式各样的神话，让令公村成了朝圣之地。

前往令公山的人都得吃斋。因此，豆腐就慢慢成为令公村的主销产品，几乎家家户户都做豆腐卖，有鲜豆腐、干豆腐，还有烤豆腐……我们进村时，书记指着浓烟滚滚的村庄说，这就是令公村。我根本看不清令公村的模样，只看到烟雾丛中隐隐约约埋了一些瓦房。

时维九月，序属三秋。烈日已经减退了它灼人的威力。我看见家家户户都在用柴火熏烤那三指宽、方块状的小豆腐，白白的，黄黄的，黑黑的。

我们的到来除了让支书和村主任有些意外，其他人似乎都拿我们当多余。在他们心里，我们比不上那些前来烧香进斋的善男信女。

扶贫要继续，会议是关键。我决定先召开一个村民大会，先摸一摸令公村的基本情况，然后再选扶贫项目，落实扶贫资金。

我一个人关在房里列我的讲话提纲，把小伍、支书和村主任三人分头派出去，通知各组村民开会的时间、地点和事项。

下午，支书和村主任回来说全部通知到户了。就差小伍没回来。我们去东头找他时，他正在和一个老妇女较劲。老妇女骂他多管闲事，说她烤了几年的豆腐，也没烧着房子，就他说出这种不吉利的话。

小伍是个职业消防员，我知道，他很为令公村这种状况担心。我帮小伍解释着火灾预防的重要性，可那个老妇女根本就听不进去，她把门甩得砰砰响。村主任和支书不约而同地撂出一句话：玉贵婶，你怎么能这样呢？

支书、村主任那句带疑问的批评话，让我顺利地下了那个台阶。

看来，下个星期的会议很有必要强调一下火灾预防的重要性。

小伍初来乍到，就受了一股子闷气。他在令公村住了两晚，就借故进城会女朋友去了。会议由我一个人负责。

好不容易把外出的劳力都叫回来开这个会议。我觉得支书和村主任还是相当配合的。会议就放在学校操坪里举行。

我捧着老支书端给的一大碗茶，喝上一口，准备润润嗓子。这时，一个打赤脚的瘦个子男人哇哪哇哪跑过来，他半天才挤了一句话，说，不，不好了，东头着火了……

会场立刻骚动起来。

我扯起喉咙喊，乡亲们，快去救火！

大火像一条巨龙，在吞食着贵玉婶的小矮房。几十双手在慌乱中紧紧扼住那条火龙，直到它窒息而死。被火龙吞食过的地方，到处都黑乎乎的，让人心惊胆战。

扳倒火龙后，已是下午五点。支书问我，会议还要不要接着开？

我说，今天已经不早了，放在明天下午吧。

第二天上午，小伍从城里赶回来了。我要小伍准备一下下午的讲话内容，要他专门谈一谈火灾预防问题。

会议在死气沉沉的气氛中进行。要大家畅所欲言，大家都把鼻气压得很均匀。我看见支书和村主任将一块干豆腐塞进嘴里。他们只顾嚼着豆腐干，谁也不愿站出来说一句话。

小伍在谈到火灾问题时，场下嚼豆腐干的声音已经很响了。小伍刚把话说完，那个玉贵婶就站起来了。我眼睛一亮，认为这个玉贵婶肯定会来一个现身说法。可是，玉贵婶说，昨天帮我救火的人，今晚到我家吃饭去，我都准备好了，一定要去呀！

这时，我听见会场下面响起了稀稀拉拉的掌声，像火龙吞食一般。

家乡情感

赵宏欣

　　我临窗而坐，旁边坐着一位年轻的少尉。他腋下夹着一个浅灰色公文包，神色庄重。自从踏上列车，他就一直坐在我的旁边，不多言语。

　　列车经过十几个小时的行驶，这会儿，已从南国秀丽的山川进入了一片丘陵地带。窗外古朴的山山峦峦，在旭阳的铺盖下，呈现出一派醒目的土黄。

　　突然那少尉说话了："同志，请你跟我换换座位好吗？列车马上就要经过我的家乡了，我想好好看看！"

　　我一听，忙说："行。"便同他调换了座位。少尉对家乡的情感打动了我的心。因为我也有过同家乡的离别，不过那已经是十几年前的事，现在早把那种感受淡忘了。这会儿，经他这么一点，思乡之情忽而浓浓的。

　　"路过家乡不停停？"我问他。

　　他说："不行啊，任务太紧。"

　　"看样子，你很久没回过家乡了吧？"我又问。

　　他点点头，说："三年了。"流露出满腔的思乡情。然后又说："本来部队这几天要安排我探家的，我把电报都打回家了，可突然来了任务……"他说着，把脸扭向窗外，将身子伏在面前的小几上，深情地注视着窗外的世界。窗外一片起起伏伏、重重叠叠的黄色山峦，在眼前一段一段地闪过。我想他的家乡就要到了。

不一会儿，他扭过头来，满脸振奋的样子："你看到那道山峦了吗？最高处的那道？"

我点点头。我看到的是一道非常普通而贫瘠的黄色山峦，山脊上寥寥地生长着一些类似荆条的植物，远远望去，在秋阳里显得寂寥、苍凉和淳朴。

"那就是我的家乡！"他又说，"我们的村子就在这道山的后边，从这儿看不到，不过可以看到山脊上我们村子的那棵老柿树。"他的表情欣喜、自豪极了。

我被他的情绪感染了，指着窗外的一段山峦说："这儿离你们村子很近了吧？"

"很近了，很近了。"他又指着窗外的黄土山，"我小时候割草总跑到这儿来，这山上的草肥极了，不一会儿就能割上一大篮子。"他兴致勃勃。

我望着窗外绵延的黄色山峦，心想他村子的那棵老柿树就要出现了。这么快的列车，很可能在十秒钟之内就会把它闪过去。于是，我眼睛一眨不眨地望着那道山脊。此刻我非常想看一看那棵老柿树。因为这道长长的山脊上，几乎没有什么高大的树，远远望去光秃秃的。如果有棵高大的树，我想这山脊一定会显得非常生动。

此刻，少尉一直沉默着，凝望着窗外。窗外最高的那道山峦，在不断的延伸中，出现了一棵孤独的老柿树。那柿树倔强着筋骨挺立着，蓬着一朵繁茂的霜红的树冠。远远的柿树下站着一位老人，隐约还能看到她拄着的拐杖和那花白的头发。她一动不动地站在那里，秋阳里宛如雕塑一般。

"就这棵老柿树吗？"我望着窗外，头也没扭地问那少尉。

少尉没有说话。这时候，我发现他哭了。

"同志，你怎么哭了？"我不知道怎么安慰他。

他忙抹掉眼眶中的泪水，说："你看到那棵老柿树下站的那位老人了吗？……那是我母亲！"

爸妈过年回家

吴永胜

　　听奶奶说过，爸妈过年要回来。五月就努力在脑袋里的角角落落，搜来刨去。有多长时间没看到过爸妈了呢。奶奶说，有三年了。五月掰着指头算，左手五个指头，加右手一个指头，是自己的年龄。扳下去三个指头。五月算明白了，爸妈是五月三岁时走的。

　　五月把算出的结果告诉奶奶。奶奶正坐在街沿下，就着暖暖的太阳，纳鞋底儿。奶奶鼻梁上架着个大镜子，听到五月的话，就抬起头来。眼镜一下子滑下去，滑到鼻尖上，好像那副眼镜是专门给鼻尖戴的。鼻尖想看什么呢。五月就嘻嘻笑了。奶奶说，傻孩子，你笑啥呢。你爸妈走时，你是三岁。又指指在一旁忙得满头大汗的八月，说，八月才一岁。

　　八月正将所有的玩具挨个儿在院里排开。有恐龙，有装着警灯的汽车，有炮筒断了一截的装甲车，有铁甲超人，还有飞机。八月不停地将它们调换位置，嘴里呱啦呱啦，指挥它们战斗。五月上一年级了，已经是大人了，才不跟小孩子游戏呢。五月拍拍八月的脑袋，说，弟弟，爸妈过年要回来呢。八月抬头看了眼五月，一甩脑袋，便将五月的手挣开了。八月的脸红红的，有层薄汗，沾着泥灰，把整个脸蛋子，弄得像唱花脸的。他不理五月的话，继续呱呱啦啦，指挥他的无敌战队。

见八月没有搭理，五月便没了兴头。坐回奶奶身边，努力去回想爸妈的样子。好几次，爸妈的样子似乎都快看得清了，可就像水田里的鱼瓜子，刚才明明还在那儿，指肚子才在水面上一碰，鱼瓜子一甩尾巴，就不见了。

坐了一会儿，五月坐不住了。她觉得八月和自己，都是爸妈生的。她觉得八月太不懂事了，爸妈要回来了，他还那么若无其事，太不应该了。她本来想去扰乱八月的战队，但那样八月肯定会哭鼻子，奶奶也会骂自己。她突然想到一个好主意。她把两只小手交叉着放在背后，慢腾腾走到八月面前，说，八月，你想不想要闪灯鞋呀？

八月抬起头，抬手在额头上抹一把，额头上立刻添了几道子黑。想要。

要不要机关枪呢？

八月终于站了起来。要。我要可以打子弹的。

五月骄傲地一昂头，说爸妈过年就要回来，到时都给你买！

八月似乎有些狐疑，他不太相信五月的话。颠儿颠儿地跑到奶奶跟前，扑进奶奶怀里说，奶奶，爸妈要买闪灯鞋？

奶奶慌忙放下手里的活计，抬手在八月屁股蛋子上拍了下，说，先人板板，惊风扯火的，针差点儿扎着你了。又说，当然要给你买哦。

我要有好多灯的。到底要有多少呢？八月犯了难，想了想，说有天那么多的。五月嘻嘻又笑，天哪有好多嘛，天只是大，大得没有边界，大得眼睛都看累了，也看不到边。八月的脚板才比鸭掌掌大多少？给你双天那么大的鞋子，你才穿不了呢。

是不是要给我买枪呢？奶奶拾起围裙，擦去八月脸蛋上的汗污，说，当然要买呀。八月可乖了，从来都不淘气。五月就撇嘴，八月怎么不淘气呢。天天追鸡撵狗，打烂过奶奶的镜子，扯坏过自己的本子，还老尿床。晌午那会儿，八月把鸡笼里下蛋的鸡，拿棍子掏出来，惹得奶奶扬着个桑条子，满院子追，骂他是淘气货。奶奶也真是，记性太差了。八月也不知羞，还得意扬扬的，真以为自己有多乖。我还要摔炮。买。我还要坦克。买。我要棒棒糖，还要砣砣糖！一口气说了许多，还要买什么，八月想不上来了。瞅瞅五月，又说，我还要买书包，比姐姐的大。奶奶全答应下来，说都买都买。

八月那个得意哦，好像那些东西已经拿在手里了。欢欢喜喜，又蹲在了那堆玩具面前，开始当他的"战队司令"去了。

五月也有很多东西想要。比如，小梅姐那种绣着金线子的鞋；比如李小文那种上面画着猫和老鼠，里面分几个格子的文具盒；或者，一双暖暖和和、写字一点儿都不碍事、露半截指头的手套。但心里想呀想呀，却不跟奶奶说。五月上一年级了，读书了，懂道理了，可不像八月那样啥都想要。五月开始盘算，距离爸妈回来还有多久呢？

奶奶说，现在才冬月头上，到过年，还有一个多月。一个多月是多少天呢，五月掰着指头数一数，数来数去，把自己都数糊涂了，还是数不出到底有多少天。但数不清楚又有什么关系呢，反正，爸妈过年就要回来了。

奶奶说过，爸妈打工那地方，往南方走哇走，要走几天几夜。那地方，冬天里不用盖被子，穿件单衣就把冬天打发了。不像王家沟，冷得人直发抖。奶奶说过，爸妈打工的地方，在五月眼睛看不到的天边边下面。五月心里想，也许爸妈已经提着买好的东西，坐上了回家的火车，在回家的路上了。这么想着，五月心里像揣了窝兔子，全都一齐蹦跳开了。

奶奶重新拾起活计，嘴里叽叽咕咕的，说每年都说呢，过年要回来。到了年关上，不是火车坐不上，就是贪双份工资，回来不回来，到了屋檐下，才能作得数。

奶奶的话，一句也没撞进五月的耳朵。五月的心里，正装着一列朝王家沟开来的火车，正哐啷哐啷轰鸣呢。

我的光明你的眼

何一飞

读过高中的黑皮，他现在的世界只有一种颜色。

在黑皮二十五岁以前，他的世界是五彩缤纷的。比如，他看到冰镇青岛纯生的金黄凛冽，就说有种穿透人生恩仇的快意。他说，他的马子花儿是无边草原上的一匹小野马，给了他飞的感觉。他有一次甚至举着一沓百元大钞对手下的马仔们说，看看，你们看看。马仔们哈哈大笑起来。黑皮更得劲了，扯开他的破锣嗓子吼唱起来。

不过，这都是五年前的事了。五年来，黑皮的世界只剩下一种黑色。深不见底的黑，浓得像团墨的黑。

黑皮是个瞎子。

五年前，黑皮带领马仔和狗砣一伙为争地盘开了一仗，狗砣自此成了爬行动物。而黑皮也在逃避警察抓捕的过程中，不幸摔伤头部，双目失明。黑皮从监狱里出来后，不仅没有远离血雨腥风的江湖，反而收编了狗砣的残兵败将，成了水镇的龙头老大。从此，就连水镇的狗经过黑皮身边时，都要紧紧地夹住尾巴。

黑皮感觉人生有些冷，水镇的人离他太远了，他感受不到水镇的温度。

黑皮一直在跟省城眼科医院的专家联系。专家说，通过角膜移植，他的双眼完全可以复明。遗憾的是，医院眼库没有可供移植的角膜，即使有，也不一定能轮到黑皮，等着角膜移植的人多着呢，除非黑皮自己能联系到愿意捐献角膜的人。

黑皮因此恨一个人，若不是这个人抓捕他时紧追不舍，他就不会在惊慌中摔伤成为瞎子。黑皮也怕这个人，水镇的犯罪分子都怕这个人。不过，黑皮心里对这个人是又恨又敬。黑皮在监狱里时，这个人多次去看他，和他谈心；开始黑皮不理他，后来慢慢有了感动。

这个人就是警察王玉善。

外表强悍蛮横的黑皮，内心其实非常虚弱和恐惧，他有时觉得这个黑色的世界就是一个无底深渊，要把他活生生地吞噬了。除了警察王玉善，没有人知道，黑皮内心是多么渴望拥有一双光明的眼睛。

警察王玉善就是摸准他脉门的人。

王玉善又来看黑皮了。王玉善不叫他黑皮，叫他张光明。

张光明是黑皮的大名，但水镇的人大多都叫他黑皮。一是叫惯了，忘了他的本名；二是黑皮不喜欢别人叫他张光明。黑皮出狱不久时，被他的一个初中同学碰见了，叫了他一声张光明。黑皮就气了，说，你明知道老子是一个瞎子，却张光明张光明地叫，是笑话老子，给老子气受吧。最后，硬是让那个初中同学摆了一桌酒谢罪。

"张光明。"警察王玉善掏出一盒烟，自己一支，张光明一支，先给张光明点上，再给自己点上，吐了一口烟后，说："这段时间你表现得不错，你和你那帮手下都还规规矩矩。不过，你最好还是把他们遣散了。你把他们抓在手里，就像你手里抓了个手雷，说不定哪天就会爆炸。"

"王警官，"黑皮深深吸了一口烟说，"我一个瞎子，哪还做得了人家老大，你别听外面人瞎说。"

"你不要在我面前打马虎眼，什么事能瞒得过我。我给你一句话，你的眼睛虽然看不见，但是你的心要亮堂，不要走回那条不归路。"

"你放心，王警官。"黑皮说，"我受过那么多的教育，不会再犯错。"

"你能这样，我就放心了，我想办法给你找点适合的事做。另外你也多跟省里的眼科医院联系，你的眼睛还有希望，钱不够，我给你凑凑。"

黑皮做了水镇的龙头老大，本来想收点保护费，给弟兄们找点路子，也给自己挣点钱治治眼睛。没料到警察王玉善盯得紧，黑皮又刚刚从局子里出来不久，不敢轻易行动，只等风声稍微缓和再见机行事。

今天听了警察王玉善掏心窝子的话，黑皮的心就潮湿起来。情不自禁地说："王警官，我不会让你失望的。"

警察王玉善还没有帮黑皮找到工作，就出事了。王玉善在抓捕一伙入室抢劫犯时，被匪徒的尖刀刺中了胸膛，伤情严重，送到了省城抢救。黑皮听到这个消息后，竟然有了难过和惋惜。

过了五天，两个警察找上了张光明。

"你是张光明？"为首的人问道。

"我是张光明。"黑皮有点儿慌乱，恭敬地答道。

"我是水镇公安局局长刘迈。"为首的人说，"王玉善警官因抢救无效，于今天凌晨三时二十九分牺牲。抢救期间，王玉善警官在神志清醒时立下了自愿捐献器官的遗嘱，遗嘱中指定把他的角膜捐献给你，而且还把他的两万元存款捐赠给你作为手术费用。你做好准备，省城眼科医院很快就会跟你联系。"

"大哥！"黑皮大喊一声，号啕大哭……

黑皮再次出现在水镇时，竟然重新有了一双明亮有神的大眼，马仔们在水镇最豪华的酒楼给黑皮设宴洗尘，有人说酒量很好的黑皮那天喝醉了，不然他怎么会说那些醉话？

他说，我不叫黑皮，我也不叫老大，我叫张光明！我张光明从今后要正儿八经做人，你们谁要是在水镇惹事，我第一个不放过他！

树叶绿的时候下了场雪

高海涛

这事说起来，应该是十五年前了。那时我二十多岁。

我高中毕业后，就被要到了县文化馆创作组，之后，我的小说经常在多家公开发行的刊物上发表，像《青春》《作家》《时代文学》等。第三年，市报调我去当副刊编辑。去市里报到的那天，应该是刚过了中秋节的十月初，树叶还都是绿绿的。

就在我准备去汽车站的时候，张国中来了："怎么样，我有车了吧。"

没等我说什么，张国中已把我的被卷、脸盆什么的一股脑儿地放进了那辆破五十铃里，然后，又把我拉上车。一踩油门，车就向市区的方向奔去。

我问："你的车？"那时候私家车还不多。

张国中看了看我，皱起了眉头："这破车，离我的梦想远去了。"其实我的问话里没有一丝对这辆破车的蔑视。

车，突然停在了一个小农药店前。张国中说："等我一下。"然后，关了车门，向小店走去。很小的门面，店里有一位顾客，张国中再进去后，屁股都掉不过来。费了很大劲，搬出一个很沉的、装农药的纸箱，打开车门，在我面前。两套书，精装本的《鲁迅全集》和《傅雷译文集》。

"听说你调到市里，进货的时候顺便买给你的。是不是很有用？平时，经常在各地书亭里的刊物上见到你的名字，想去找你，又怕耽误你的时间。"

"你怎么知道我调动的事？"

"小县城里谁不知道？"说着话，破五十铃就上了104国道。透过车窗，可以看到国道两边高高耸立的白杨树，叶子绿绿的。

认识张国中，是我高中要毕业的时候，《辽宁青年》上发表了我一篇名为《第一天》的小说。那么大一个学校，张国中硬是拿着那本杂志找到了我，说，他是去年在这个学校毕业的，学习太糟，连参加高考的资格都没取得。看到我小说里一句话："人永远都不要忘记自己第一天的创业梦想。"立马就崇拜上了我。他说他的梦想是有辆奔驰，看到我的《第一天》，突然明白了奔驰车得来的方法。

看到小说这样有用，更加坚定了我心中成为一名大作家的梦想。

快到市里的时候，天，突然阴了下来。好像突然就下起了雪，很大的雪片。一会儿，白雪就落满绿树叶。反季节的风景就是绝美。雪落到地上，变成了水。看着看着，路上已是雪水横流了。这时，车，突然抛了锚。

看看表，天已近午。"先吃点饭吧，本来想到市里大饭店为你送行呢。"张国中说。

我们走进路边一个小小的涮羊肉店。一间小房。看得出，是三间房里最小的一间，通往另两间房门的白灰还是湿的，不是很白。

那时候，这种吃法是新兴的，我从来没有看到过。走南闯北的张国中也没有尝试过，他读"涮"为"刷"。老板也是个与我们差不多岁数的年轻人，听到张国中读"刷"，就纠正说，读"涮"。

老板教给我们怎么样吃。老板既是老板，又是厨师，又是服务员。

没想到，这东西非常好吃，我竟在这样一个不起眼的、荒郊野外的小店，吃到如此新潮的食物。

"呀，呀，呀！"张国中突然惊讶地叫了起来。张国中手指着涮羊肉店的墙。顺他手指的方向，我看到一条横幅：人永远都不要忘记自己第一天的创业梦想。歪歪扭扭的字，看样子是老板自己写的。

老板告诉我们，他是从《辽宁青年》上看到这句话的。当老板知道，我就是这句话的作者时，他简直要抱起我来了，说："你们是我的第一桌客人，没想到，没想到。"我们实在争不过老板，这顿饭就算老板请了。张国中的车，老板也找人给修好。不过，老板让我在他那个条幅上签上我的名字。

时间过得太快。转眼就是十五年后的今天。奔驰汽车销售公司总经理张国中，涮肉连锁店总店老板，还有我——报社广告部广告人，在一起涮肉。涮肉店的碗碗盘盘上都印着我签了字的那句歪歪扭扭的话。张国中每售出一辆奔驰车，都会赠给车主一条金钥匙链，金链是用十八个环串起来的，每个环上一个字，串起来就是：人永远都不要忘记自己第一天的创业梦想。

我们三个人都喝醉了。他俩醉眼蒙眬地看着我，异口同声地说："是我们害了你，也害了我们自己。"我愣了，不知道他们在说什么。

他们接着说："我们不应该把广告代理权给你。"我更不知道他们在说什么了，以为他们在开玩笑。

他们哭了，放声地大哭："晚了，什么都晚了。你忘了你最初的作家梦想。我们忘了要的是你的精神产品的初衷。"

我似乎看到了那场雪，那场盖满了绿树叶的雪。

十五岁的冬天

于心亮

我在十五岁那年的冬天身上带了把刀子。我想，谁再胆敢动我一指头，我就让他白刀子进红刀子出！

刀子硬硬地掖在我的腰里，它使我的腰板挺得很直，我冷冷地睥睨着出现在我面前的每一个人，我用眼睛对他们说，不怕死的，来吧！

下雪了，雪花纷纷扬扬落了厚厚一层。我站在雪地里，是罚站。期中考试我拖了班级的后腿。班主任不仅罚我站，还朝我脸上打了两巴掌。我把一口血水吐进雪地里，殷红点点，极像盛开的梅花。我狞笑着对班主任说："你再动我一下试试！"班主任于是又打了我两巴掌。我就在他转身的时候，掏出了刀子。

班主任见了扭头就跑。我走进教室，狠狠地把目光向一个个同学投去，他们全都不敢迎接我的目光，他们大气不敢喘一口。我说："你们不是喜欢欺负我吗？来吧！"

很快，有人隔着窗玻璃远远地喊我，说校长有请。我隔着衣服把腰里的刀子摁了摁，然后踢开教室的门，去了。

校长的办公室很暖和，炉火很旺。我瞄着桌上的电话机，想着在动手之前，得把电话线割断。校长在研墨，一下一下。我不知他想干什么。我的手怕冷，放在腰里。

"听说，你会写一手很漂亮的毛笔字？"校长慢慢研墨，慢慢地说。

我不回答，我还是不知道他想干什么。我眼看着校长，耳朵听着窗外。窗外没有人来，只有雪花扑簌扑簌落地的声音。

"你为什么要带刀子？"校长问。

"同学们常打我，我告到老师那儿他不但不管，还说我这样的学生就要揍。"我说着，就流下了泪水。

"来，把你所痛恨的人的名字，写在纸上。"校长递过来一支小狼毫笔，微笑着说。

我不动。我不知校长葫芦里卖的什么药。我看他一头花白的头发，想，我15岁的身躯足以把他掀倒。炉里煤块砰一声响，吓了我一大跳。

校长又笑了。我很生气——我会怕你不成？写就写！

我在一张张纸上飞快地写下所有我所痛恨的人名。我想把他们一个一个杀了！

校长一直在朝我的字点头，说："好字！"又看着我说："放学后，你去我家。"

一株腊梅在墙角瘦瘦地绽放，一庭暗香。我吸吸鼻子，惊讶地瞅见我写的仇人的名字，它们全都被粘贴在一根根木柴上。校长给我一把利斧，说："砍吧！"

庭院中只有我一个人，漫天的雪花中，我嘶喊着，把我满腔的仇恨一斧又一斧飞快地劈下去，我劈得满脸是汗，满脸是泪……

雪花静静地看我，腊梅静静地看我，院外，校长也在静静地看我……

在那个暗香暖暖的小庭院里，我劈了半个月木柴。到最后，木柴都变成了筷子。神清气爽的我捧着筷子大笑，校长也捧着筷子大笑。

第二年夏天，我顺利地中学毕业，同时考上了地区的卫校。我很高兴。

离校的那一天，我到校长那里去。我取出刀子，精心削了一个苹果，然后连同刀子一起送给校长。在暖暖的微笑里，我朝头发花白的老校长深深地鞠了一躬。

太阳很刺眼

周 波

那场火是突然烧起来的。

所有的人都没能记住起火的准确时间。其实，这个时候的报时并不重要，重要的是搞清火是怎么烧起来的。

着火的地方是学校堆放体育器材的一幢小房子。教学楼紧挨在边上。而我们的学生宿舍则正对面与其相望。当时，也不知道哪儿着了火。惊慌中，我跟着同学们快速跑下楼梯。后来，才知是小房子着了火，火苗直往上蹿。

那晚，惊慌失措的人都大喊大叫地往小房里跑——当然，去救火。

早晨，太阳很刺眼地过早来临。我和同学们像倒伏的稻穗一样，在空旷的草地上成片躺下。大家的眼神露出不安，谁也不说话。我看见被烧剩的残墙断壁兀自在哭泣，空气中依然有浓重的焦煳味儿。操场原来整洁的草坪，被踩成泥泞。

没有人能提供线索，火是怎么烧起来的。

我们一直坐在操场上，不敢回宿舍，教室里也是空无一人。

我看见一位男老师捧着一摞书从我们身边走过。我愣愣地瞧着他。一个同学说，看那老师，一点儿没发愁！我们都哭了，他咋没哭？昨晚他救火了吗？同学说得对，看着他穿着整齐地微笑走过，我也有点愤愤然。

我认识他，姓李，教语文的。

后来的几天，同学们一直在说那个李老师的行为。班委会议上，有同学直言不讳地称，他为什么不像我们这么难过？一脸笑容，很开心的样子，难道不该问一个为什么吗？

在我的印象里，他是个乐观的人。我听过他讲课，很幽默。有一次，我在校道上遇见他，他哼着小曲从教室里出来。现在，李老师在同学们心中的形象一败涂地，不知道为什么会这样。

傍晚，太阳依然很刺眼。学校的食堂开门了，同学们鱼贯而入。我看见李老师一身阳光地走来，我不敢直接看他，那样我的眼睛受不了。他依然带着一脸微笑。我偷偷地看着他。很长时间，李老师在自己的位置上，很用心地吃着饭。我对自己说，他应该不是坏人。李老师站起来时，我突然产生想拉住他的冲动。我想偷偷告诉他，别人已经怀疑你了！快点逃跑，趁着天黑，趁着吃饱了饭。李老师好像注意到我了，向我微笑了一下。而我，吓得魂飞魄散。

后来的事情表明，李老师的问题开始复杂化。据说，学校领导已得到汇报，说失火前有人从学校的操场上鬼鬼祟祟地经过。甚至，有学校老师来我们班核实李老师的情况。同学们全蒙了。因为，大家当时也只是对李老师的微笑表示不满。难道，李老师真的是那个纵火犯？

我说，我不知道。任何人来问我，我都这么回答。事实是，我真的不知道。

那晚，我没睡着。不是小房子又着火了，而是，我担心李老师。因为一个微笑——就凭这点？我听说学校领导找他谈话了，他承认失火的那个晚上，从操场上经过。然而，当有人问他知不知道谁纵火时，他先否认是自己，然后开始沉默。

李老师一夜之间，成了传说里的一个必然的纵火者。有人说他早对社会心怀不满，对学校工作不满。更有甚者，说李老师在失火的晚上神秘地徘徊，然后在第二天露出微笑以示庆祝。我很奇怪，他还不逃走，还每天在食堂里微笑地进进出出。

李老师离开学校的那天，提着大包小包一直驻足在大门口。阳光照着他，很耀眼。我看不清他的形象，一片模糊。据说，他在等女朋友。但那天，他的女朋友一直没出现。同学们说李老师依然微笑着，比那天操场上的笑容还灿烂，然后头也不回地走出了校门。

太阳依然很刺眼。我已经看不见李老师孤独的背影，他像是融化在阳光里。

母 与 子

戴 希

老太太七十七岁生日一过，老头儿就溘然长逝了。

他俩年轻时相濡以沫，年老后相互搀扶，生前的时光都沐浴在暖暖的春日里，小日子过得宁静而温馨。

如今老头儿不在了，老太太朝思暮想，心中时常涌起如潮的怀念和悲伤。

可祸不单行，未出半年，老太太又患上严重的帕金森氏综合征，生活一下不能自理了。

幸好有小儿子寸步不离地跟着她。小儿子任劳任怨、耐心细致，把老人照料得妥妥帖帖。

一日三餐，小儿子总是精心安排，既充分考虑营养调剂，又尽量做到色香味俱全，努力让老人吃得爽快有益健康。

家中卫生，那是每天小清洗，每周大扫除，始终保持窗明几净、清新典雅的居住环境。

帮老人穿衣，背老人下床，抱老人上桌，给老人喂饭菜，扶老人如厕，给老人服药，为老人洗头洗澡剪指甲，替老人按摩捶背，安抚老人睡觉……从晨曦初露到夜阑人静，每天小儿子都像不知疲倦的机器，一刻不停地匀速运转。

小儿子还定时拧开音响，放放老人喜欢吟唱的《莫斯科郊外的晚上》；或者抱起琵琶，亲手弹弹老人爱听的《梁祝》。如果有时间，他也端坐在沙发上，陪老人看电视，老人要看哪个频道，他就调到哪个频道，不厌其烦，直至老人眉开眼笑。

天气晴好的日子，吃过早饭，小儿子就把老人背到户外，小心放到轮椅上，然后推着轮椅在小区院落里转悠，让老人一边沐浴清新的阳光，一边欣赏明丽的风景。

有时，老人恨自己吃喝拉撒甚至大小便清理都要劳累小儿子，自己简直就是个废物，心烦意乱或心疼小儿子了，也猛然撞墙，想一死了事，却总被眼明手快的小儿子及时制止。小儿子还和和气气地安慰老人，极力劝导老人开开心心地过好每一天。

"没肝没肺，你不是人！"

"装腔作势，我不要你的虚情假意！"

"我一刻也不想看到你，你给我滚出去，滚得越远越好！"

老人故意刁难、挖苦小儿子，对他怒目而视，尖酸刻薄地吼叫，咬牙切齿地辱骂，可小儿子依然视而不见、听而不闻，依然对老人满面春风、关怀备至。

世上哪有丁点儿脾气都没有，长年累月对老人悉心呵护、从不懈怠的儿女啊！可自己的小儿子偏偏就是这样的超人！老人一方面觉得自己前世修得好，今生得了福报；另一方面也感到自己亏欠小儿子太多。老人的眼眶里经常有泪光闪烁。

按理说为老人尽孝，大儿子也责无旁贷，可大儿子有大儿子的难处呀。

大儿子在美国芝加哥当教授，教中文，一心扑在教研上；又酷爱诗歌创作，每天都要挤时间码码字；中美两国遥遥万里、远隔大洋，回趟国着实不易，还要购买价格不菲的机票……

听说大儿子的感情生活也多有不顺：娶过五个老婆，先是美国的，继而韩国的，接着日本的，然后南非的，最后是法国的，娶了离，离了娶，只有美国的老婆为他生了个儿子……

偶尔，大儿子能给她寄点儿美元，虽不多，但老人觉得已不错了。老人知道，大儿子已加入美国国籍，美国人可不兴孝顺这一套。大儿子还有点儿中国心，还没有忘本，能要他怎样？

老人想起二十多年前，大儿子以文科全市第一、全省第二的考分考上北京大学中文系时，多么荣耀啊！当然，如今的大儿子已成闻名遐迩的大诗人、美国的大学教授，更是为他们家族的脸面贴足了金！

只是……如果大儿子也在身边，小儿子就不会孤立无援、独自操劳了！老人想。

十年后，老人驾鹤西去。

老人临终前，大儿子来电说，法国的妻子正好生了崽儿，他要照顾妻儿，脱不开身，就不回国为老人吊丧了。

依然只有小儿子不离不弃地守护在老人身旁，陪伴老人度过人生最后的时光。

"谢谢你，亲爱的儿子！"老人要走时十分吃力地说，眼角沁出一滴清泪。

小儿子感动了、颤抖了。小儿子知道，老人的这一滴清泪，既凝结了她对大儿子的眷恋之心，也蕴含着她对自己的深深感激。尽管小儿子一直认为，他照料老人是理所当然的。

老人走了，小儿子依依不舍、闷闷不乐，极度的悲伤之下，也不想再活了。

　　办完老人的丧事，小儿子毅然决然地选择了自杀。小儿子自杀的方式不是服毒，不是割脉，不是跳楼，而是在卸下身上的高能电池前，对保存记忆的内存进行了格式化处理。是的，其实"小儿子"是大儿子为老人购买的一个智能机器人。

过　道

宋以柱

在鲁中山区的农村，但凡殷实的人家，都要有一个像模像样的过道，其实就是往自家院子走的通道。

宋子正家的过道在村里就很惹眼。灰砖红瓦，白灰嵌缝；上有飞檐，檐角雕龙画凤。迈上三级石阶，迎面两扇黑漆大门，门框两侧一副石刻对联：龙游凤舞中天瑞，风和日朗大地春。正楷大字，直接刻在石条上，嵌在墙体里。字出自宋子正四弟之手。其四弟是县内书画名家。

进门是六平方米左右的空间，除了出入的通道，通常是用来放农具、干柴、推车等杂物。正对的是一面影壁墙，左拐即进入宽敞的庭院。影壁墙上是一幅永远盛开的牡丹图，还有一个大写的"福"字，都是书画家的手笔。来往的路人，都夸这过道有气势。

宋子正一家七口人，住三间西屋，两间小北屋。还有很宽敞的三间大北屋，宋子正的老母亲住着——她嫁过来就住在这里面，已经五十多年了。老人头发全白，四方黄脸，胖身子。自己打水做饭。常见她拄着拐，一步一步挪下很高的台阶，嘴里不住声地嘟哝，对什么都不满意。儿孙对她不冷不热，经常

和她大声吵。我却很乐意噔噔噔跑上台阶，到她屋里玩。房间
很大很空，不过几个箱子、床和一张放碗筷的桌子；几个蒲团，
坐下去很费劲，起来要用手撑地。我去了，就见她一脸皱巴巴
的笑，从吊在房梁上的一个小筐里，拿出栗子、枣，不多，也
是皱巴巴的，但是很诱人。她说，吃，吃。不吃迟早被那几个
小狼崽子偷去。

她是说自己的几个孙子孙女。她这样说的时候，我心里很
不舒服。因为宋子正的小女儿菊子很俊，白生生的，我们经常
一块玩。不知啥原因，菊子从不去自己奶奶的屋里。我噔噔噔
上台阶的时候，她就皱眉噘嘴地回自己屋。

有一天，我和菊子玩耍回来，还没进过道，就听到老人喑
哑的哭喊。菊子的两个哥哥，正在进进出出地忙活，把老人的
家什往外搬。菊子娘的声音很尖很长，一只手叉腰，一只手指
着老人骂，你大孙子要结婚，要我们倒出三间西屋，我们住哪
儿？你一个人住这么大的屋子，干啥？两个哥哥话不多，黑着
脸，来回几趟就把老人的吃穿用品搬到过道里了。菊子的大嫂
也很俊，菊子的大哥摔盆砸碗地要住三间西屋。

好几次，我看到老人在那六平方米的空间里，来回倒腾自
己的东西。靠南支起一个土灶，堆满柴草，北边靠门搭一张小床。
她就坐在柴草里，不停地嘟哝。她已经走不动了，枣木拐棍很
吃力地支撑着她慢慢挪动，来来回回地端水、倒垃圾。早上，
她坐在蒲团上很仔细地梳理花白的头发。雨天，她就枯坐在过
道里，有时候哀哀地哭一阵。冬天基本上就把自己藏在被窝里，
风一阵一阵地撩起她的白发。

老人吃东西很简单，几乎都是白水煮地瓜干、玉米。一碗
一碗地吃，到死都很能吃。有时候，宋子正推碾，一块就给她

把地瓜干、玉米碾碎。她找点干柴草，也能吃上几顿地瓜面、玉米面掺起来做的窝头。天气很好的春夏秋季，老人就挪出去，坐在最下一层的台阶上，和来来往往的村里人说话。宋子正家的正南面是一口水井，经常有人来哐啷哐啷地放水桶、担水，老人见谁就和谁说话。年龄大的老人，就放下担子，过来偎在一起说会儿话，一起咳嗽半天，吐下一堆浓痰。年轻人活路忙，爱答不理地应一声，"嘿"的一声挑起担子，颤悠颤悠着走了。

南园其实就是一片大菜园，春夏秋满眼是绿色。后山上的住户，去南园种菜、浇水、打药，去割韭菜、拔萝卜、拔葱、摘豆角和茄子，到秋天下了霜的时候收白菜，都要从宋子正家的门前过。老人就坐在台阶上，喊人家他哥他叔他嫂子，给俺点菜，好几天不吃菜了。不管是谁，都笑嘻嘻地匀出一份，递到她手里。有时候攒了一大堆，绿的黄的红的，圆的扁的长的，老人又现出一脸皱巴巴的笑容。

宋子正见了就吼她，不嫌丢人啊你？

俺怎么丢人了？俺怎么丢人了？老人挺起上身，口齿清楚地反问。

你不是我亲生的，也是我拉巴大的，也是我给你找的媳妇儿。我怎么丢人了？宋子正是她过房来养老的儿子。宋子正不再言语，挑着一担尿，去南园浇菜。

老人在过道里又活了十几年，胖乎乎的身子瘦成一把干柴，才在一个大雪的夜晚死去。那时候，我已经在镇上读书了。菊子也在镇上读书，但我们不在一个学校。

参加工作后，我回老家去看了一次。宋子正的过道还是那个样子，看不出多大变化，很有气势。细看那对联的字迹不那么清晰了，直看进去，影壁墙上的牡丹差了颜色，"福"字倒还醒目。

　　我呆看着的时候，一个人从门后挪出来，是菊子的娘。她现在就住在过道里。二嫂。我喊了一声。按庄亲，我喊她二嫂。她的脸黑瘦，看不出笑，应了一声，回来了？

　　一个穿着牛仔裤的女人走出来，斜她一眼，"哼"了一声。这不是菊子的大嫂，菊子的大嫂比她俊，而且已到中年了。

　　我很想问问菊子嫁到哪里去了，她有没有三间大北屋住着。但我没问。

郑 小 驴

韦如辉

刚刚接手一个新班，作为班主任，必须对班里的全体学生进行一次初步了解。

对着花名册，在第二十六行，我看到郑小驴的名字。

抓起电话，打到教务处，我有些烦躁地责问："高一（三）班的花名册是谁打印的？"那头回答："正是本人。"

我苦笑一下又问："有没有把一个叫郑小驴的同学名字搞错？"

那头稀里哗啦地响起一串翻纸声，立场坚定地传来回音："十分正确！"

新学期的第一节课，我亲自点名。点到谁，除了答"到"，还要站起来认识认识。点到郑小驴时，班里一阵骚动，有的同学忍不住笑出了声。

最后一排的东南角，站起一个男孩儿，个头不高，黑瘦，头发微黄，眼睛很亮。

一个星期后，按照惯例，班级进行了一次摸底考试。郑小驴的分数中等，全班排第三十二名，各科成绩比较平均，没有"腿长腿短"的偏科现象。

郑小驴这样的学生，如果不是因为他的名字特别，一般是不会引起班主任关注的。

时光就像翻动的书页一样，一学期很快就被翻过去了。期终考试结果出来，班级进行一次重新排名。班级排名之后，再在全校进行排名。

郑小驴在班里排第十六位，全校第一百二十八名。名次虽然不算太优秀，但从进步的程度看，算是比较出色的。

有一天，我在食堂排队打饭，与穿着单薄的郑小驴并排。我笑着鼓励他，很好！继续努力！

本来，应该喊他名字，郑小驴同学，或者小驴同学。可是，这名字太别扭，我没喊出口。

郑小驴微微低头，瘦弱的身体微微前倾，之后像泥鳅一样滑走。

高二的时候，有个重要的奥数竞赛。因为关系到高考加分，各班都十分重视，班主任一般都会将前三名的学生推荐上去。

课间休息时，郑小驴轻手轻脚地来到我身边。他依然微微低头，微微前倾身体。"老师，能推荐我吗？"他说，"我能行！"

满足郑小驴请求的可能，微乎其微。与前三名同学相比，他差好几名呢。但我没有当场拒绝，说尽量努力。这次他像一只快活的小鸟一样飞远了。

恰好第三名的同学生病请假，而他对这项高难度的竞赛也没抱太大的希望，我便破例推荐了郑小驴。

竞赛成绩出来却让全校师生瞠目结舌。郑小驴夺得全市第二名，打破我们学校的历史纪录。

郑小驴登上学校的光荣榜，我们班为此欢呼雀跃。男同学们将郑小驴抬起来抛向空中，女同学们纷纷与他合影留念。郑小驴幸福得一塌糊涂，一双明亮的眼睛更加清澈如水。

我想，应该进行一次家访，为郑小驴。

周日，我来到郑小驴家。说是家，其实就是一个简易的窝棚。墙是用六根木桩顶着的，顶和墙壁是用塑料布和废品纸盒交叉混合钉上的。郑小驴的爸爸搓着一双黑手，脚下放着他刚刚捆好的一堆废品。

郑小驴搬来一张条凳，我装作若无其事地坐下来。我说："真不知道你们这么苦，是我关心得不够啊。"

郑小驴的爸爸呵呵地笑着说："黄老师太偏爱我们家小驴了，我得给您鞠个躬。"他刚要弯腰，就被我急忙上前制止了。

那天，我跟郑小驴的爸爸谈了很多。我说郑小驴表现很好，如果继续努力，来年上重点不成问题。最后，我试探着问："怎么给孩子起这个名字？"

郑小驴的爸爸在自己头上挠痒痒，一副难为情的样子。他说，在村里时，因为脾气倔性子孬，大家给他起个外号叫老驴。小驴出生后不久，他妈忍不住穷，跟别人跑了。乡亲们可怜小驴，给吃的喝的用的，"小驴、小驴"地叫着叫着就叫大了。

一年后，郑小驴果然以优异的成绩考上了北京一所全国知名的大学，一度成为我们学校的荣耀。

退休后的时光，我喜欢读读报纸看看电视。

有一天，我在《法制导刊》上读到一篇文章，是介绍一名干部如何走向腐败堕落的。那名局长姓郑，叫郑为民。

过几天看电视，电视里也在播放着郑为民的事。我一看，吓出一身冷汗。那人不是郑小驴吗？郑小驴的头微微低着，身子微微前倾，顶着一头的霜花。

突然间，我觉得自己的大半生都白活了。

母亲和母亲

洛 华

米粒儿生了一场不大不小的病，住院了。

母亲辞去工作，来照顾米粒儿。

病是不大不小的病，辞去的工作也好不到哪儿去，但那是母亲很看重很看重的。母亲靠着那份工作给米粒儿的妹妹还房贷。妹妹说她自己能还，母亲却始终不放心。每个月还一点儿还一点儿没完没了的房贷，压得母亲喘不过气来。

可米粒儿生病了。

母亲只能像一颗螺丝钉一样，哪儿需要往哪儿扎。

米粒儿忽地想起了八年前。

八年前，也是这样。米粒儿生病住院，母亲辞去工作来照顾她。那工作也好不到哪儿去，但母亲还要靠着那份工作让米粒儿的妹妹念完剩下的书。米粒儿也是靠着母亲的那份工作念完书的。当然还有父亲的那份。母亲只能狠狠心，把妹妹的担子都交给父亲挑。

谁叫老话说，手心手背都是肉呢。

米粒儿其实是个挺不顺的人。母亲来了就没走，她经历了米粒儿的怀孕、胎停、调养、怀孕、保胎、生子，一晃就是六年。

后来，为了给米粒儿的妹妹还房贷，才有了那份新工作。

现在那份工作也辞了。

米粒儿坐在床头想跟着手上的书页把往事也翻篇儿的时候，母亲刚好递来一杯水。

米粒儿抬头朝母亲笑笑。

母亲把旋去保温杯的盖子递到米粒儿手上，说，拿稳了，喝口水。

点滴在输液管里安安静静地落下来落下来，和温开水一起，流进米粒儿的身体里。

点滴快挂完了。母亲立在床边，等着最后一滴水从滴筒里落下，好按铃叫护士来拔针。

吃过中饭，片刻。母亲就倒好了 10 毫升药水，递给米粒儿。等米粒儿喝完，母亲又接过量杯去卫生间里洗。

母亲帮米粒儿盖好被子，然后自己也在陪护床上躺下，很快就睡着了。

米粒儿望着母亲侧身睡着的样子，觉得自己好幸福。于是米粒儿慵懒地换了个睡姿。只这一动，母亲就醒了。

母亲支起半个身子望着米粒儿，怎么了，是要起来去卫生间吗？

这一问，米粒儿的幸福就醒了。

米粒儿摇摇头。米粒儿想，自个儿太让母亲操心了。

米粒儿的这半生，其实很简单很简单。就像风儿轻轻一吹，裙角扬起，所有的甜啊苦啊都露了出来。

住院第十一天的时候，母亲去帮米粒儿接孩子。米粒儿的丈夫临时来医院做陪护。

丈夫坐在窗边低头刷着手机的时候，米粒儿想，这神情还真像儿子看动画片的样子。

米粒儿抬头对自己笑笑。

米粒儿用右手撑住床，把身体往床头挪一点儿挪一点儿，够到了床头柜上的保温杯。然后用左手臂和左胸夹住保温杯，右手把盖子旋开。

点滴在输液管里安安静静地落下来落下来，和温开水一起，流进米粒儿的身体里。

猛一抬头，米粒儿发现滴筒里没水了。好在管子里还有。米粒儿赶紧关上输液开关，轻声唤，老公，帮我按铃叫下护士吧。

丈夫懵懂地抬起头，问，嗯？

米粒儿看丈夫坐得远，还不及自己离呼叫铃近，就说，没事了，你坐着吧，我自己够得着。

然后，米粒儿伸手去够床头的呼叫铃。

吃过中饭，丈夫也陪米粒儿睡在医院里。

米粒儿想起来没喝药水。

米粒儿用戳着留置针的左手去够床头柜上的药水瓶子。药水瓶子很轻，没使什么劲儿就拿到啦。米粒儿又用左手臂和左胸把药水瓶子夹住，用右手去旋盖子。可是瓶子太小，盖子太紧，使不上劲儿，死活旋不开。

米粒儿抬头，看到丈夫蜷在陪护床上，轻轻地打着鼾，样子像极熟睡中的儿子。米粒儿低头继续使着劲儿旋。盖子仍然纹丝不动。

米粒儿灵机一动，用两个膝盖把药水瓶子夹牢。右手再用力一旋，盖子开了。

米粒儿往量杯里倒上 10 毫升药水，一抬头喝掉，然后轻手轻脚从床上下来，用脚尖够到拖鞋穿上，去卫生间洗量杯。

米粒儿从卫生间回到床上，路过熟睡中的丈夫。

米粒儿只是轻轻地想了一下。以后，万一以后，丈夫陪伴儿子读书认字，哪怕是玩的时候，可不带这样的。

儿子突然推门进来。妈妈，我和外婆来看看你，再回去睡觉。

丈夫醒了，支起半个身子望向门口。

米粒儿就笑了，舒心地笑了。

盼 归

曾立力

　　杀完年猪，祭过灶神，屋里收拾亮堂，年货备置齐，老爹就伫立在村口。他眼珠子死盯着大山的那头，傻傻的像根木桩，木桩上不时冒出缕缕青烟，飘散在寒风里。

　　有外出务工的村民，拎着大包小包回来，路过时关切地问一声，老爹，等崽呀？老爹虚虚地笑一笑，并不作答，莫名叹口气，一口接一口地叭烟，痴痴看人家匆匆离去。

　　外出的人，身在城市，根在老家，混得好不好过年都得回来。老爹掰开手指算，村里外出的人几乎都陆续回来了。村里陡然间变得热闹起来，旺了年的气氛。

　　十多年来老爹一人将儿子拉扯大，五年前儿子外出务工，临走时丢下句话：爹以后就指望我吧，我赚大钱给您花！头两年儿子还能按时回来，后来就如断线的风筝再没回来。头年说没买到车票，第二年说工厂离不开。事不过三，看还有甚理由？老爹闷在心里嘀咕。

　　往年老爹也是苦等，只是等的时间没这么长，等个三两天也就不等了。逢人便说：车费贵，回来一趟纯粹是烧钱，能省就省。不回来也好，我在家能吃能做，又没到七老八十，哪用得着他。转脸又说，这宝崽啊！心大，只晓得赚钱。过年上一天班发三天的钱，还有红包得，真是划得来。老板看得起他，就不会讲句好话请个假？父子连心，未必不晓得做长辈的有多想他？钱赚得完吗？你说养崽有什么用？或是拿出儿子寄来的礼品给人家看，都说城里人用的品牌好，金贵得很，你看我哪消受得起？说着说着，背过身去，悄悄抹眼泪。

平日里老爹这也舍不得那也舍不得，老惦记着抠钱给儿子讨婆娘。春上猎到一头山猪，硬是没舍得吃一口，全都用烟熏起，留着等儿子回来再吃。说话做事也老走神，炒菜忘了放盐，煮饭忘记淘米，丢三落四的日子过得寡淡。

眼看明天就是大年三十，老爹望眼欲穿。终于，山的那头出现个小红点，越来越大。一个穿红色太空棉袄的小伙儿，两手提着一大堆礼品，东张西望，走走停停。走到老爹跟前放下东西，怯怯地唤声，爹！老爹一愣，随即父子俩抱成一团，热泪盈眶……

老爹擦干净眼泪朗声说，走，回家！儿子便像小时那样跟在老爹身后，一前一后走进老屋。屋里仍保持原貌，墙壁上贴满儿子的各种奖状和大小照片。儿子不在时，老爹就靠它打发时光。

儿子回家，屋里多了人气，年味儿更浓。老爹换上儿子买的新衣服，精神头十足，笑吟吟的，像是换了个人。

大年三十晚上，老爹办了桌丰盛的团年饭，都是些儿子爱吃的食物。父子俩施酒布菜，你敬我我敬你，说说笑笑，有滋有味。对老爹而言，一个年就是一片心！

吃完年夜饭，围坐在火塘旁，边看春节晚会，边守岁唠嗑。老爹酒喝得有点儿高，不停地说着儿子小时候的事，并无什么特别之处，无非是些农村孩子大都有过的瓜田李下的旧事。

听老爹津津乐道，儿子也跟着插嘴找回儿时的欢乐与记忆，体会到若不是亲身感受，谁能知晓一个父亲对儿子的爱有多深呢？都三年了，他想说清原委。可他刚想开口就被老爹打断，不是拉他点赞电视里的节目，就是端来碗团圆蛋，催他赶快趁热吃。催得他心里暖和和，眼里泪转转。

他是个孤儿，和老爹同县不同乡。从小吃百家饭长大，出来打工，拜老爹儿子为师，大伙儿说师徒俩就像一个模子铸出来的。三年来都是他冒充老爹的儿子，寄钱寄物寄问候的。今年老爹催得急，再不回去，怎么也说不过去。凭着老爹的一张照片，他这冒牌货，忐忑不安地赶来与老爹团圆。刚见面时他还暗自庆幸，老爹老眼昏花，没能认出他来。现在方才明白，那是老爹不愿说破，让人难堪。哪有父亲不认得儿子的呢？瞒得了一时瞒不了一世。想到这，他扑通一声跪倒在老爹跟前。

老爹连忙一把扶起他说，其实他早已知原委。三年前听说儿子不回来，便担担年货寻过去陪儿子过年，没料到寻到的却是个噩耗，顿时只觉得山崩地裂……

强忍住巨大的悲痛，将所有的期盼又原封不动地全担了回来。

老爹好强，回到村里硬是没跟任何人说，人前还装成没事人一样。

后来他再去，老爹哽咽着喉咙说，从那时起就把他当成了自己的儿子，有了念想。他和老爹再次紧紧地抱成一团，泪流满面……

显然老爹早有准备，拿出厚厚一沓压岁钱，说，拿着，回去成个家立个业，莫让爹娘盼断肠！我总不能带着它到土眼里去吧？

　　新年的钟声已经敲起，新的一年已经到来。面对老爹的殷殷期盼，他不忍心说，陪老爹过完年，他还得同许多人一道继续南下！

梅湖春色

夏一刀

汪茂财把小船荡进梅湖。湖水清凌，水汽淼淼。猛然间，一条银鱼跃出水面，秀了一下诱人的身材。

汪茂财无心赏景。只有那鱼，方才跃进了他的心里。

这时四周的梅林里，已经潜伏着不少偷鱼人。汪茂财知道。小船里装了半船石头。他一边划桨，一边大声地谩骂。划到偷钓人跟前，汪茂财不停地往水里丢石头，把那些贪嘴的鱼吓走。那些人就和他对骂，毫不退缩。

汪茂财气冲冲转过一个弯，迎面碰上一条小船。

小船里坐着肖有福。

汪茂财开口就骂，狗日的肖有福，你偷我的鱼！

谁偷你的鱼了！

不偷鱼在湖里干什么？

湖是你家的吗？我在湖里看风景，关你屁事！

你还顶嘴！汪茂财的火气正没地方出，就飞起木桨朝他拍下去。这时候，四周一下子响起了尖叫声、口哨声。都来看啦！派出所所长的老爸打人啦！

肖有福掉在水里拼命地扑腾。汪茂财有些害怕了，伸出桨把他拉上了船。两人又在船里大吵起来。

汪茂财，你仗着儿子是派出所所长，霸蛮承包了梅湖，你今天又打人！

我打你又怎么样？有本事叫你儿子也当派出所所长呀！汪茂财得意地喊。

你等着，我要告你！

第二天。汪茂财的儿子汪文回来了。一大帮村民都聚拢过来嬉皮笑脸地看热闹。

汪茂财笑着，给周围的人递烟。大家毫不客气，一副不抽白不抽的架势。

汪茂财！儿子突然直呼他的大名，这让汪茂财吃了一惊，脸上的笑一下子没了。

汪茂财，你说说昨天在湖里和肖有福发生了什么事情。

我……他偷鱼！

他偷了几条鱼？你有人证吗？

我……四面山上的人都看见了。

没看见！没看见！围观的人大喊。

汪文问，肖有福，你说你昨天在湖里看风景，汪茂财打了你，谁可以作证？

我！丁四毛从人群里跳了出来。我当时在梅林里砍柴，亲眼看见汪茂财打了肖有福。

汪文问，汪茂财，你打了肖有福吗？

我……他偷鱼我才打他。

他偷鱼没有人证物证，你打人铁证如山，你还要狡辩吗？

我……汪茂财真没想到，儿子不给他一点儿颜面，还胳膊肘往外拐。他气得脸像梅湖里的大红鲤。回屋，砰的一声关上了房门。

汪茂财一连两天气在床上，不吃不喝。老伴儿无奈打电话叫回了儿子。

汪茂财背脊朝汪文，鼻子里哼了一声。

汪文说，爸，听说你在外面四处炫耀有个当派出所所长的儿子？

我没有儿子。汪茂财冷冷地说。

爸，派出所所长就了不起吗？派出所所长的老爸就可以乱来吗？爸，派出所所长的老爸就更要讲道理，是不是？

汪茂财不吭声了。

汪文走了。汪茂财思量了半天，滋溜一声爬起床，在碗柜里翻出一碗冷饭，三口两口吞下了肚。他突然间感到特别有精神，脑壳里面特别清醒。想到自己两天没下湖，只怕是被人偷得湖底朝天了。于是把船荡进湖里。要在以前，梅湖周边会有很多偷鱼人。烟头在那儿一明一暗。但是今夜，他没有看到一个红烟头。

一轮红日跃出湖面。汪茂财回来的路上看见肖有福站在自家大门边。

肖有福尴尬地嘿嘿两声，茂财哥，那……天我真的是想偷你的鱼。

汪茂财大手一挥，钓两个小鱼算啥！你明天把丁四毛他们一起邀过来吧，我儿子——不，汪所长找大家有事。

肖有福脸一黑，别别别，大家以后都不会偷鱼了。真的！

汪茂财道，看把你吓的。派出所所长就了不起吗？就能乱来吗？再大的官办事，也要一碗水端平，是不是？

翌日，汪茂财喊来派出所所长汪文和梅村村主任，当众宣布将梅湖的承包权平分给大家。

汪茂财船里没有了石头，驶得飞快。他朝后面喊，有福，快点儿，我们到湖里去看风景。

两条小船一前一后，朝铺满碎银子的湖中开去。

一个多雨的夏天

郭震海

这似乎是一个多雨的夏天。

不紧不慢的小雨就像生了根，断断续续下了三天，没有停的迹象。侯东升醒来后，听着外面滴滴答答的雨声，有些烦闷。

他裹着一条毛巾被，眼睛迷茫地瞪着屋顶。简易的屋顶用横七竖八的施工模型板撑着，上面覆盖着几层黑糊糊的油毡。为了不让大风把油毡卷走，油毡上密密匝匝地压着红砖。

简易的大宿舍内散发着一股刺鼻的霉味，半碗隔了夜的剩饭放在墙角，已经变质。裸露的砖墙，湿漉漉的，似乎能挤出大把的水来。地上铺着红砖，红砖上撒了薄薄的一层白石灰。十几双黄胶鞋，没有规则地摆放在床铺下。

"天塌了吧！"一名工友坐起来嘟哝了一句，扑腾一声又躺下了，几根木棍支撑的大床铺发出吱吱呀呀的怪叫。

"你找死啊！"工友躺下的动作用力过猛，压住了另一位工友的胳膊，后者向他提出强烈的抗议，骂骂咧咧地抽回了胳膊。

侯东升起身，去床铺头找自己的衣服，想出去走走。他感觉自己就像被工友遗弃在墙角的那半碗隔夜饭，浑身上下都变了质，散发着浓烈的霉味，发霉的心就像一个变馊的馒头，开始发虚。

宿舍潮湿，原本宽松的汗衫就像长了手，紧紧地束在侯东升身上；那双黄胶鞋一夜之间仿佛小了许多，死死地粘在脚上。他从墙角找出一把破旧的雨伞，走出了工棚。

外面的雨下大了，一栋高楼起了半截，无数的、长长短短的钢筋头直冲云霄，在雨中显得亮晶晶的，有点刺眼。如果不下雨，这栋起了半截的楼上肯定站满了人。无数顶安全帽，无数双劳作的手。在轰轰隆隆的机械声中，他们完全可以站在高墙上，边劳作边唱信天游。有的工友已经在城里待了十多年，甚至更长时间。他们就像一群特殊的候鸟，每年开春告别妻儿老小，来到城里，冬天又会回到乡村。他们没有走进过 KTV，但一步步升高的楼顶上，就是他们的乐场。他们可以怒吼，可以咆哮，可以唱着哭，也可以唱着笑。只要手不闲着，至于嘴，爱干吗就干吗，就是站在墙头上像一个英雄般的去演说，也没有人注意，更没有人管。他们的声音在车水马龙的城市里显得异常微弱，微弱得站在楼下就完全听不到了。

半夜里，无数盏大灯会将整个工地照亮，高楼一天不封顶，热闹的景象就一天不减，唯有雨能阻断这喧闹的一切。侯东升和大多工友一样，既盼雨，又恨雨。为什么呢？盼雨，是因为下雨了他们可以美美地睡个懒觉，无休止的劳作可以得到短暂休息；恨雨，是因为下雨就意味着他们会没有工，工是什么，就是钱。他们从四面八方涌进这座陌生的城市，就是想多挣点工，年底多拿点钱。

侯东升撑着伞，不知道该去哪里，更不知道该干什么。路过一座天桥，桥下积满了水，飞驰而来的车辆迅速通过天桥，激起很高的水花。

"你找死啊！"一个撑着小花伞的女人，被车辆激起的泥水溅了一身，她怒气冲冲地骂道。侯东升突然觉得，城里人说话和他们其实没有区别，就比如这句"找死啊"。他这样说，工友们这样说，城里人也这样说。

拥挤的大街上，除了激溅着雨水飞驰的车辆外，行人并不是很多，每个人都显得很匆忙。侯东升感觉每个行人都和自己一样郁闷，只是他们的脚步快些，而自己慢腾腾的，这雨天他不知道该去干些什么。

在一个玻璃橱窗前他看到一则大大的广告："家，温馨的港湾。"这是一则多温馨的房地产广告啊！城市里到处都是这样的广告。侯东升觉得每一则广告都与他们有关又无关。他们一年四季就像蚂蚁一样在钢筋与水泥的森林中不停地修筑城市里的家，城市在一天天长高变大，而他们没有家，他们的家在乡下。

侯东升给乡下的妻子打了一个电话，妻子开心地说，真好，庄稼灌浆了，下了一场难得的透雨。侯东升在电话里骂，好个屁。妻子说，你个鞭打的侯东升，你个不要脸的侯东升，你变了，变得不再爱惜庄稼，变得像城里人了，变得……

我真的变了吗？放下电话，侯东升想，我到底是城里人，还是乡下人？他抬头望着灰蒙蒙的天……

大声喊着你的名字

白小良

　　走到高坡上，华老师见东边的云彩愈加红了，就停下脚，用沙哑的嗓子喊身后的学生，要大家加油。这支穿行于高山峡谷间的队伍，是从地震中心的小学校突围的。

　　天空正用一片绚烂的颜色昭示着生活的美丽。经历了梦魇般的下午和夜晚的孩子们，此刻全都疲惫不堪、衣衫不整，他们望着五月的晴空，眼睛湿润了。

　　余震又开始了。不知藏在什么地方的魔，又鼓捣出魔法来了。阳光没有照到的深谷里腾出了团团烟雾，不一会儿，在早晨第一缕阳光里面，高坡地方也有沙石流下来了。学生们互相照顾着，站在那儿，不敢坐下，生怕一坐下马上会瘫在地上起不来。

　　余震稍息，华老师领着孩子们沿着山脊开始行军。已经走了一天一夜，最少还得有一天的路程。他们的全部给养就是两袋夹心饼干和三瓶矿泉水，面对的却是无数的魔：山体裂缝、泥石流、暴风雨、高山反应、浓雾、阴冷、饥饿和恐惧，甚至还有一些奇异的事情。

　　华老师说的奇异的事情不止一件。先是在翻越第三座大山时，本来熟悉的山啊路啊和以往不一样了——山形变了。原本记准了往上走的路，现在变成往下走了，要是按原来的方向走，准会掉进悬崖去。

华老师走走停停，鼓励快挺不住的学生，不断地叫他们的名字，要大家挺住，加油。老师说前边不远的地方，有好多好多糖、冰淇淋、面包、可乐……还有，解放军叔叔就要来了。

正午的阳光下面，这支队伍缓慢穿行于原始森林中，在古树、巨石之间不断消失、出现。

到了一块披满苔藓的巨石旁边，华老师猛然觉得一阵怪异的风袭了过来，阴冷得要命，伴了一种刺鼻的气味。华老师知道要出事了。

抬头，看见天空渐渐暗下来了……恍惚间，一大团浓雾从前边满是树挂的古树下边涌了过来，黑腾腾的一人多高，发出来类似硝酸一样的气味。同时，不知哪儿来的树枝、石块，从天上直往下砸。

作乱以来，魔对于自己的对手始终困惑不解：要说那些军绿色、橘红色、天使白色倒也罢了，他们毕竟训练有素，不容易打败。可谁知身穿普通服装的老百姓都没有屈服的，这就奇怪了。现如今，连小娃娃都快要"打败"自己了。魔禁不住直摇脑袋，想不明白是咋回事。表面上，面前的娃娃们衣衫不整，好像够狼狈的了。但内心里，他们想必都保持着自己的尊严，没有谁吓得像要瘫倒的样子。并且，这些人还一起猛劲儿喊着什么。开始听去喊声还有点儿凌乱，一会儿就变得整齐划一了。

学生们原本是互相喊着对方名字的，缀上"挺住，加油"的词儿。后来，不知是谁先起的头，由相互喊名字渐渐变成喊一个熟悉的口号——极具分量的。起初是几个人喊，接下来就是全体一起喊了，喊那两个字：加油。

魔雾卷了卷，知难而退了。换一种科学的说法，地震后的异象终于渐渐消失，暗淡的天空一点一点亮起来了。

一开始面对如此意料之外的情况，华老师和孩子们不是没有恐惧和慌乱的。华老师后来说他不是英雄。公平地说，对于华老师而言，恐惧和慌乱其实瞬间即逝了，他知道自己的责任。他们挺立在黑雾阴风里，互相鼓励着渡过了难关。

太阳出来了。蜿蜒在山谷里的是一支什么样的队伍呢？他们大多十岁左右。衣衫不整，面容憔悴，相互搀扶，只知道边走边喊，一直没有歇过——生怕一停住，马上就会累得瘫倒下来吧。童音沙哑仍不失金属般的穿透力，在大山里传了很远。

空降兵最先发现了这支队伍。伞兵们都不太敢相信自己的耳朵，茂林之中，竟然荡漾着如此荡气回肠的声音。

总算到了营地，华老师和他的学生们看见了更多的军绿色，还有很多很多的橘红色和天使白色在废墟上来来往往，不停穿梭。天空湛蓝，云彩绚丽。

华老师和他这支衣衫不整的队伍，同活跃在灾区各处的那威武的绿、英勇的红和天使的白一道，用行动、用声音整齐地喊着同一个口号："中国，加油！"

数学家的爱情

李伶伶

　　数学家是朋友送他的绰号，因为他对数字特别敏感，数学运算得特别快。朋友都说他是数学天才。可是数学天才的爱情之路却一直不顺利。

　　一次，他跟一个刚交往不久的女友去饭店吃饭，结账时却跟服务员吵了起来。那天饭钱应该是 79.80 元，如果服务员报出准确的数值，他也不会生气。可是服务员向他要 80 元。他说，不对吧。服务员说，账单上这么写的。说着，把手写的账单递给他，他看账单上真写着 80 元，就说，你们算错账了，不是 80 元，是 79.80 元。服务员说，我们这里都是按四舍五入收费的。他说，你们怎么收费的我不管，但是你们这账确实算错了。服务员说，差两角钱还算差呀？数学家说，怎么不算差？ 79.8 元和 80 元能画等号吗？服务员说他小气，数学家就跟她吵了起来。

　　女友很尴尬，劝了半天劝不住他，索性走了。当晚就跟他分手了。女友觉得他为两角钱就能跟人吵一架，以后她可过不了这种日子。

　　数学家很苦恼。朋友劝他别上火，说总能遇到理解他的人。

　　后来他真遇到了一个这样的人。她是个会计，也喜欢计算，也是看到一组数字就把它们加起来算出结果。两个人在一起时总会比赛谁算得更快。跟她在一起，数学家很开心。数学家想跟她结婚，却因为一件小事又黄了。

那天是情人节，数学家陪女友去逛街。看到一家新开业的咖啡厅在搞打折优惠活动，就进去了。要了两杯咖啡，又要了五样小点心。吃完去结账，看到结账的队伍排得很长。原来那天收银员有事没来，老板娘临时顶替。她不太会算账，借助计算器也算得很慢。要结账的人在旁边催她，越催她越着急，越着急越算不好。数学家见状走过去说，你要是信得过我们，我们帮你算。老板娘抬头看看数学家和他的女友，觉得他们不像坏人，就同意了。

于是，数学家帮老板娘算账，女友帮核实，老板娘在旁边收钱。不一会儿，结账的队伍就消失了。剩了最后一位客人。就是这最后一个人的账，让数学家和女友出现了分歧。数学家算出客人应付182元，女友说是188元。让客人自己算，结果跟数学家一样。最后让老板娘算，老板娘算完后，看看数学家又看看他女友，说，这位先生算得对。数学家女友说，你说谎！老板娘说，我为什么要说谎？我们三个算的结果都一样，说明你确实算错了。数学家女友说，我没错，不信我重新给你算一遍。客人有点儿不高兴，说，你这人怎么这样？算错了，还不承认。老板娘说，您别生气，我按您算的结果收钱。客人递过来200元钱，老板娘找给他18元。客人拿着找回的零钱走了。数学家女友气愤不已，她看看老板娘，又看看数学家，一句话没说就走了。

数学家跑出去追女友。女友说，除非你承认自己算错了，否则别再来找我。数学家觉得女友不讲道理，就没再找她。

　　老板娘很感激数学家那天帮她算账，他再去喝咖啡时，说啥也不要钱。一来二去，两个人成了朋友，后来又成了恋人。老板娘是个年轻的单身女人，厌倦了职场的尔虞我诈，辞职开了这家咖啡厅。数学家经常来帮老板娘算账，老板娘对他的计算能力崇拜得五体投地。一年后的情人节，两个人结婚了。

　　结婚那天，咖啡厅全体商品打八折。服务员问，开心果也打折吗？老板娘说，当然不打，开心怎么能打折呢？数学家觉得这话很耳熟，就问，开心果不打折，那去年怎么打了？老板娘看着数学家笑了，说，去年也没打，最后那位客人买了一碟开心果，你算账时一并打了折，所以那天的账，你当时的女友算的是对的。数学家很意外，说，那你为什么说她算错了？老板娘说，傻瓜，因为我看上你了呗。数学家很生气，说，你怎么能这样！

　　数学家不能原谅老板娘，执意跟她离了婚。老板娘不理解，数学家为什么这么对她。

世界末日前夕

王 溱

风起，风停，叶子来不及起舞，花儿就凋落了。

门开，门关，邻家的喜字还没干透，孩子呱呱坠地了。

跑得真急呀！她深深吸一口新鲜的空气，继续伺弄院子里的花草。

咔嚓，她剪去桃花歪扭的枝蔓。桃花呀，即便你只灿烂一季，也不能不修边幅不是？

咕噜，她给水仙灌上满满的清水。水仙呀，春天只剩下尾巴，再不开花你就永远装蒜吧。

喵！一只猫从花盆后蹿了出来，打翻了一盆正酝酿花蕾的山茶花。她生气地捡起一块小石子扔过去，猫已不见踪影。

算你跑得快，她说。静了一会儿，她又喃喃道，跑得快又怎样呢，跑得过时间吗？世界末日就要来了，这么漂亮的院子，这么美好的世界，都不复存在了。

她早已没了刚知道这个消息时的惊慌与悲伤，安静得跟这个院子一样。独处时，她经常幻想世界末日来临那一天，会是怎样的情形。

或许她正与他坐在摇椅上，看小狗追着自己的尾巴转圈，呲牙咧嘴，气喘吁吁。一圈，两圈，三圈……好像没有尽头，又一下到了尽头。

或许她正与他并排躺在院子中央，被她亲手种的花环绕着，银色的月光披在他们脸上，他久久凝视着她的脸，就像读书时那样。一刹那，那画面就成了永恒。

总之，不管怎么想象，都离不开他，离不开这个院子。尽管她和他住进这个院子，还不到两个月。

三个月前的某一天，晴，没有风，他进门时脸上却挂着风暴。她一看就明白了，他准是从哪里知道世界末日的事情了。

还有多久？他问。

也就三个月吧。她说。

他不语，任凭脸上的风暴变成雷雨交加。

我想辞了工作。他说。

辞了吧。她温顺地附和。

我们把房子卖了吧。他说。

卖了吧。她温顺地附和。

我们买个院子吧，就是我们一直憧憬那样的。他说。

买吧。她还是温顺地附和。

他们结婚时就约定好了，先努力挣钱，在城市里买房，生孩子，给孩子最好的教育。等将来老了，就找一个山清水秀的地方，盖一座小房子，在院子里种满各种各样的花，弄一块菜地，再养几只狗、几只鸡，过上世外桃源般的惬意生活。为了这个约定，他们没日没夜地忙，省吃俭用地过。

见他天天要到处去拉业务，她对他说，买辆车吧，挤公交太辛苦了。他摇摇头，养车多费钱呀，还得上保险，还得租车位，还是把钱留着，将来可以买大一点的院子。

见她拖着疲惫的身躯晚归，他对她说，不做饭了，我们出去吃吧。她不肯，又不是什么节日，干吗出去吃呀，把钱省下来，给咱将来的院子多添几盆你最爱的茶花。

然而省下的钱，并没有变成院子的面积，也没有变成名贵的花，它们都被送进了银行，变成一纸债单——他们如愿当上房奴了。

这样，他们的第一步目标就算完成了，可是第二步却迟迟完成不了。说不准是谁的原因，也许是他缺乏锻炼造成的，也许是她太过劳累的缘故，总之就是怀不上孩子。

现在看来，这倒是件好事，世界末日到来时也少个牵挂。他们把约定提前了，短短三个月内，他们把三十年后要做的事，做了个遍，在小院子里等待世界末日的来临。

然而她的世界末日最终却没有来。医生说，她的癌细胞居然没再扩散了，真是奇迹。

他的世界末日也没有来。她没事，他也就用不上偷偷藏着的那瓶安眠药了。

他们开了香槟庆祝，她与他并排躺在院子中央，被她亲手种的花环绕着，银色的月光披在他们脸上。他久久凝视着她的脸，就像读书时那样。

我们又得重新开始奋斗了。他说。

嗯，重新开始吧。她温顺地附和。

桃花正妖娆，水仙花也不装蒜了，没有花盆护着的山茶花顽强地爆了蕾……院子正是最美的时候。可是他们看不见。从医院检查回来的第二天，他们就迫不及待地收拾行李回城里了，他们唯一带走的是那条小狗，直到现在它还是会傻傻地追自己的尾巴。

买　房

陈小庆

　　我一出现在"巴黎城"售楼部门口，几个花枝招展的售楼小姐就涌上来了。我一下子发现我今天忘了一件大事——什么都考虑到了，就是忘了穿增高鞋。由于"巴黎城"属本城最高档楼盘，所选售楼小姐也都体现了"三高"——高学历、高个子、高鼻梁。和她们站一块儿，实在很有压力感。

　　我看见个稍文静点儿的姑娘，对她一笑，示意她过来。她便快步走过来，自我介绍道："我叫贾文静，很高兴为您服务。"其他人便都散开了。

　　我对她说："你只管把最好的户型介绍过来，价钱贵一点不要紧。"

　　她一听很振奋，说："最好的是三层的复式楼，一共只有三套，其中一套已被一个外商买下，还有两套。您看看吧。"

　　我们两人乘坐敞篷看房车，来到已经竣工的豪宅面前。在寸土寸金的市中心，居然有如此宽敞、从容的住宅，花木扶疏，要不是阴天，阳光也一定无可挑剔。外商买的楼在最中间，现在就是东边和西边那两座，专等我这样的稀客前来购买。

　　我想了想，看东边的那座吧，贾文静便引我进入豪宅。虽然没有装修，但从格局上可以看出档次，也可以想象出来装修之后的样子。

"虽然我们这里是中等城市，但这样一套房子买下来再装修出来也要上千万了。"贾文静似乎想用激将法促使我早点拍板儿。我知道她是有些小瞧我了，至少怕我犹豫吧。

"你是说我买不起这栋房子？"我微笑地望着她。

"大哥，我真不是这意思。"她有些慌了。看得出来，她不是太有经验。

"晚上一起吃个饭，好吗？我想好好听听你对这栋楼的介绍。"我知道她一定会推辞一下的。

果然，她笑了一下，说："今天不行。"

她似乎明白我的不轨之心，我懂她在想什么。于是我说："那明天怎么样，贾小姐不会天天都不行吧！"

"你真打算买这套房子吗？"她认真地看着我，仿佛在问我是不是爱她这样终极的问题。这时春天的风轻轻吹过来，我忘了有那么一句老话："不要在春天买房，你很容易被春风吹乱了眼睛和心灵！"

我望着她期盼的双眸，仿佛要进行爱的宣言。我又看了看四周怡人的环境，不远处的湖水波光粼粼。我想，买这套房，也不算太大的问题，关键是，我还没有结婚，用得着这么大的房子吗？我把这个想法对她简单说了一下。

"那么，你是不打算买了？"她显出了失望。

"那要看，有没有必要。"我知道接下来的话题是实质性的试探了。

她应该很机灵，反应很快。她说："好吧，今晚上我把另一个饭局推了，向你好好介绍一下这栋楼。"

　　今晚上我其实有很重要的事情要做，刚才不过是虚让她一下，因为明知她不会因为我只说一遍而答应的，但现在她居然又同意了。我端详着她的脸，是的，是我喜欢的气质。我很高兴她能够同意，但我今天晚上真的有很重要的事情，我刚才不过是随口说说，现在我只得告诉她："嗯，房子，我会买的。饭，明天吃吧，你也别推另一个饭局了。我现在得去办一件很重要的事儿。"

　　我转了两次公交车，回到家，已是晚上了。是的，我住在离城里很远的郊区出租屋。我匆匆给自己泡了桶方便面，一边吃一边打开电视，现在，就等那庄严的开奖了，我颤抖着摸出了我那张复式投注的彩票……

过完夏天再去天堂

墨中白

　　老人感觉到这个夏天在一天天变凉。

　　老人要走了。

　　老人不想走。老人舍不得居住的土屋，更舍不得陪他多年的老伴。老伴为他养育五儿三女，吃了一辈子苦。

　　老人和老伴儿孙满堂，可儿孙们很少去他们住的土屋。

　　每年麦收，五个儿子就会给他们送来食用的小麦，女儿们过节也会送来点酒和肉。

　　老人和老伴知足。

　　老人知道儿女们都有子女，要供他们读书，还要为他们结婚操心，就像当年他为他们操心一样。

　　儿孙们活得幸福，老人就快乐。老人常把快乐说给老伴听。可老伴总唠叨着，怨他们多时不来土屋。

　　老人安慰老伴说，孩子们忙。你要是闷得慌，就陪我到北沟边放羊吧，和羊说话，也很快乐的。

　　老伴没有理他，却说，娃是嫌咱们老呢！

　　老人不再说话了，搂着羊儿问，我们老吗？

　　羊会咩咩叫两声。老人高兴地对老伴说，瞧，羊说还年轻哩！

老伴就笑骂，老不正经的。

老人喜欢老伴骂这句话。

老人不服老，直到那个夏日走回老屋，摔倒，才发觉真的老了，想爬，手脚却不听使唤。

老人再也站不起来，躺在床上。

老人不能动，可心像镜子一样明亮。

看着老伴弯着近九十度的腰忙着照顾自己，老人真想快一点走。

老人当过兵，打过鬼子，不相信有天堂。可老伴信奉神，说好人会升天堂。

老人真希望有天堂，早两年过去，把那边安排好，将来好接老伴在天堂一起生活。

老人躺在床上，想着天堂的事，可脑子清醒。清醒的老人想喝水，去拿桌上水杯，手碰杯时，人却滚下床来。望着不到一米高的床，不能上去，老人心好疼。

老伴回家，看到躺在地上的老人，伸手拉。

老人说，你年轻时都抱不动，现在如何拉得起！

老人的老伴去找儿子，五儿、四儿、三儿外出打工，二儿赶集没回家，大儿在北沟放羊。老人的老伴只好叫来乡邻才把老人抬到床上。

晚上，老人的老伴弯着腰，来到大儿子家，让他去把老人睡的床腿锯短点。

大儿子说，找老二吧，他家有锯。

老人的老伴到二儿家，二儿子说，好好的床腿，锯掉干吗？老大呢？

没锯。

俺家的锯条断了。二儿媳妇也不高兴。

老人的老伴没有再说，弯腰，拄棍，蹒跚着，走回场上土屋。

来到床边，老伴拉着老人的手说，你还不如早一点走好呢。

老人握住老伴的手说，我也想，可这么热的天，儿孙们披麻戴孝，受不了，酒席上的菜，也不能放……

你管那么多干吗……

谁叫是咱的儿孙，我一天没走，心里还装着他们。

要不，你过完夏天，再去天堂吧。

老人说，我尽力撑吧。

老人的儿子还是找来锯，把床腿截短了。

老人能拿到桌上的水杯，可很少能喝尽杯里的水。

更多的时候，老人是在数着夏天的日子。看着床前的电风扇，老人想，自己如同它一样，过完这个夏天，也该歇工了。可又一想，明年夏天，天热，电风扇还会不停地转，而那时的自己呢？也许真的有天堂，要不这活生生的灵魂，到哪儿去？

老人感觉到离天堂越来越近，他已经闻到了天堂门外桂花树上飘来的桂花香。

老人对老伴说，通知儿孙们回家吧。

老伴问，不能再过几天走？

老人说，夏天就该走的。天凉了，再冷，我怕去天堂的路滑！

老伴笑了，你老不正经的，临走，也不改！

老伴一直陪着老人，直到老人微笑着离开。

老人的儿孙们回家，热闹风光送走老人。

五个儿子算账，扣除礼金，一家赔钱五百元。

儿媳们说，天凉真好，菜能多放几天，有的肉还能回锅，要是碰上热天，这五十多桌酒席，可真赔大了。

老人的老伴把保管一天的礼金包交出来后，分完钱，五个儿子互相望着，算好的账，却多出两千五百元钱。

看着一家人又围聚一起核对着账款。老人的老伴摇摇头，弯腰，挂棍，蹒跚着，走回场上的土屋。

去世的老人叫孙士望，八十二岁，是我老家庄上的。老人和老伴说，过完夏天再去天堂时，我母亲刚好也在旁边。

菩 萨

孙传侠

女人每逢初一十五就来寺里烧香拜菩萨。一年了，无论刮风下雨都来，从来没间断。女人四十多岁，长得妩媚，皮肤白，白得透亮。女人眼里含着苦，每次来寺烧香，眼里都泪光闪烁。女人对菩萨很虔诚，虔诚地焚香，虔诚地跪拜，虔诚地祷告。每次祷告完，要离开寺庙的时候，女人便从她手中的小坤包里拿出早已准备好的一些钱，恭恭敬敬地投到功德箱里，之后，痛苦的脸上露出一丝轻松，好像菩萨帮她了了一桩心事。

寺里有个打扫卫生的妇人，五十多岁，长相穿戴极普通，每天打扫香客们丢弃的废纸片、矿泉水瓶之类的东西。当然她还有最重要的一项工作，就是要看管好香火炉，避免发生火情。

女人痛苦的表情和捐的那么多钱都被扫地的妇人看在眼里，她在心里感叹：这女子对菩萨真是虔诚啊！一捐就是那么多，都是百元大钞，好让人心疼啊。每次，妇人都恨不得抓住女人的手，把那些大钞夺下来。

这天是初一，是香客们烧香拜菩萨的好日子。晨光熹微，寺庙的大门早早就打开了，香客们都赶早来烧香拜菩萨。

女人来得也很早，当她拜完菩萨，捐了钱，走出寺庙时，寺里的和尚也已经做完功课开始忙活别的了。

女人走出寺门，朝停车场走，这时妇人疾步走来，跟着她。到一个僻静处，妇人叫住了她，温和地说，妹子，请您留步！听到有人叫，女人停下，半转过身，好奇地盯着她，问，你是叫我吗？

妇人点点头，是的，妹子，我有句话，想给你说。

女人感到迷惑，打量着妇人，我不认识你啊。她真的从来没有注意妇人。一个打扫卫生的，注意她干什么呀！妇人说，你是好人，是善人。来上香的人我见得多了，看得出，你是大善人！妇人的话叫她高兴。女人脸上微微露出悦色，说，谢谢你。你说你有话对我说，请问，你要对我说什么？

妇人说，妹子，再来拜菩萨，别捐那么多钱，好吗？

为什么？女人皱起了眉头。

妇人犹豫了一会儿，终于说出了口，妹子，我觉得，你捐那么多钱，实在可惜。

可惜？

是的。妹子，真是可惜。你的钱又不是大水冲来的，不容易啊！钱真是好东西，要花在刀刃上，要用它办大事。

女人有些生气了，眼里冷冰冰的。

妇人又说，你拜的菩萨不就是一块石头吗？修人在修心，求菩萨不如求自己。你在那里跪着，菩萨永远在那里坐着。菩萨也不看你，菩萨谁也看不见……妇人的话把女人的心蜇疼了，脸色刷一下就变了。妇人立刻闭了嘴，有些不知所措。女人冷冷地看了一眼妇人，拂袖而去。妇人紧跑几步，赶上女人。她指着远处一座若隐若现的小楼说，妹子，你看见那座小楼了吗？

女人没说话，随着她手指的方向望去。妇人一边说，一边用心观察女人的脸色，她害怕她的话再惹烦女人。妇人说，妹子，那个地方比寺庙更需要钱。

那是什么地方？女人问。

妇人说，那是一所孤儿院。那里的孩子，大多是被狠心的父母抛弃的残疾孩子。钱能帮助他们解决好多事。

女人的心一动，她用一种陌生的目光，重新打量了一番妇人，然后径直朝停车场走去。

看着女人离去的身影，妇人心里隐隐有点后悔，觉得自己不该说那些话——她和人家素不相识啊。

让妇人料想不到的是，从那以后，女人一下子消失了，消失得无影无踪，一连数月都没来拜佛。每逢初一十五，妇人都在众多的香客中间寻找她的身影，可每次都令她失望。

这天下午，妇人抱着扫帚，清扫寺院门前的落叶。下午是寺院最清静的时候，妇人忽然感觉到身后有人，转过身，一下愣住了——面前站着女人，女人像梦一样出现了。

女人微笑着说，谢谢你。

妇人莫名其妙，但她吃惊地发现，女人变了，女人眼里潮湿的泪影不见了，变得有神采、有生机了。

女人说，我听了你的建议，去了孤儿院。果然如你所说，那里的孩子们的确需要我，不仅仅是需要我的钱，更需要我陪他们散步、给他们讲故事。谢谢你，你让我走到孩子们身边。

妇人脸上露出了笑容。

女人说，一年前的一次车祸，夺走了我十岁儿子的生命。我想儿子，我拜托菩萨，祈求菩萨，让我的儿子在那个世界里快快乐乐。只要我儿子快乐，给菩萨再多的钱，我也不在乎、不心疼。儿子快乐，我才能快乐啊。可是，我虽然每月的初一十五都来拜菩萨,却仍然快乐不起来。我知道,我是自欺欺人,自我安慰,我的儿子死了,不能复生。当我听了你的话,来到孩子们身边的时候,我忽然发现,孩子们才是我的菩萨,是他们帮我赶走了忧郁的魔鬼,让我脸上重新有了笑容。

妇人说,我看得出来,你是大好人,是个菩萨。女人脸红了,说,我不是,我不配做菩萨。只有你,才是真正的大菩萨啊。

妇人说,我不是,你是!

女人说,后来我才知道,那所孤儿院,是你丈夫去世后,你用给他的补偿金资助建起来的!大姐,你才是真正的菩萨啊!

一件衬衫

白云朵

天气暖和了，对面的小伙子开始穿衬衫了，一件白的一件黑的。

那件白的，以前因为穿在毛衫里面只露一个领子，看上去还可以，但去了毛衫，显出了皱皱的衣身时就不怎么入眼了，而且我还注意到他的两个袖口已经磨旧和破损。

我对他说："小卢你要换一件衬衫了，这件不能穿了，袖口都坏了。"

他笑笑说："还可以穿，领子还没破。"

我说："买件衬衫又不贵，几十块钱就能买一件了，保管领子和袖子都不破的。"

他腼腆地对我说："发了工资后买。"

我命令似的对他说："不行，你马上买一件，让我再看到你穿这一件的话，我给你买一件。"

他倒是再也没穿过那件衬衫了，但没见他买新的，取而代之的在外衣里面加了一件不伦不类的休闲衫，都洗白了，虽然不皱但旧旧的，显不出精神来。男孩子还是穿白衬衫，再套件深色外套显得干练。

我也不再说他了，只隐约地问："小卢你的工资都吃喝嫖赌去了还是咋的，怎么不给自己买几件衣服？"

他咧开嘴笑了，知道我的所指："这次发了工资准买。"

昨天，雨下得很大，下午三点时我要到税务所交年检资料去。因为有雨，我沿着商场的廊檐下走。平时对男士的服饰门面常常是走过路过不放在心上的，这次无意间看到橱窗外面有店家的打折广告信息，想到那个小伙子破了袖口的衬衫，还有那句"发了工资后买"的话，便收了雨伞推了门进去。

"杨勇精品店"，全是男士的服饰和皮具。

走到衬衫柜那儿。什么牌子我不大精通，但能放在"杨勇精品店"里卖，向来是不错的，单位里一些有品位的男士常常提及这家店。

浏览了几款衬衫，价格还可以，三百八十元打七折，打下来差不多二三百元一件，我选了奶白色立领的一款，但尺码颇让我费了一下心。我在脑子里搜索了一下，这孩子外形跟他相似，高矮胖瘦也跟他差不多，他的尺码我心里是清楚的。我便对服务小姐说我要这一款四十码的，说完这句话心里涌起一股酸楚，因为我不是为他买衣，因为就算是为他买了，我也没有机会送给他了。

从税务所回来后，我把衬衣默不作声地横放在我的一个柜子里。偶尔抬头看看对面那个小伙子，偶尔不抬头用耳朵听小伙子有意无意地说着跟他相似口音的话，心里一个不留心就会把他的样子给泛浮上来。莫名地一阵感动。感动上天不是无情的，纵然让我失去了他，但还能让我感受他的存在。一时地迷失，心口痛了起来。

我很想看看我对面的小伙子穿着很挺很服帖的奶白色衬衫

的样子是怎么样的。

下午，我吩咐那孩子跟江铃公司的小史签署一项合作协议后，我对他说："还是穿白衬衫有精神（小史穿了白衬衫和深色的外套）。"我拿出我的柜子钥匙："有样东西，看合适不合适，在右边那个大的柜里。"他问："什么东西？"我说："你打开看看就知道了。"

柜子在我身后，他从我对面的位置上起身，疑惑地拿着我给他的钥匙打开，看到了那个包装很精致的盒子，打开。

我说："尺码对不对，对的话你就拿去穿，不对的话我去换一下。"

他一连声地说："不行不行。"

我问："尺码不行吗？"他说："尺码是行的，但这么贵，要三百八十元，他不能要。"我说："打折的，没这么贵，只五十元一件。"

他说他真不好意思要。

我说："那你发工资后给我五十元。"

他说好的。他很纳闷，他问我怎么知道他的尺码的。还有，他说他还没穿过立领的衬衫。

其实，我也没看到过，那个让我念念不忘的男人穿过立领的衬衫，我很想看看这个男人穿立领衬衫的样子。说句心里话我买这件衬衫，在心里有着不可告人的秘密。

那个孩子，他当然不知道这一切。

我是自私的。

河上的男人

赵淑萍

故事开始的时候，他还是一个男孩。

他的绰号叫"白条"，细细长长的个子，在水里像鱼儿一样敏捷。楝树花开，他就偷偷下河游泳。楝树花谢，他在河里从早泡到晚，嘴唇发紫，手脚肿胀，还不肯上岸。母亲拿着长竹竿来催打，他一个猛子又潜游到河对岸去了。母亲气得直跺脚，连连喊"冤孽"。

可母亲也有欢喜的时候。他下河常常带一个脸盆，回来时就是一脸盆的螺蛳、河蚌，有时候还有河虾和河蟹。四婶那天打肥皂洗手，金戒指滑落到了河里，他扑通一声下去，在水里摸索一阵儿，就把戒指给捞上来了。

家里兄弟多，他很早就辍了学。除了偶尔去地头外，其他时间他几乎都在河上。家里有一只带篷船，他整天划着船，在河道里上上下下。用网兜鱼，下河摸螺蛳，打捞河上漂浮的菜叶，他全部的生活内容就是这些。抓来的鱼和螺蛳，吃不完就送给邻居。他经常躺在船上过夜，望着满天的星光。有一年，河上漂来一条大蟒蛇的尸体，白花花地盘绕着，甚是吓人。没有人敢去碰，他用铁耙把大蛇的尸体推到河塘边，挖了个深坑埋了。

在这条河上，他救过溺水的小孩和老人，还捞过被台风刮走的东西。

整日漂在河上，二十多岁了，他还没有任何恋爱的迹象。他娘整日叹气，也托过媒人，但一到去相亲的时候，他就上船了。有一次，他却躲不了了。他救起一个落水的姑娘，姑娘上岸后，死活要嫁给他。姑娘的家人倒没有嫌弃，只是担忧：这个沉默寡言、一直在水上漂流的男人会让她过上好日子吗？一个月明星稀的夜晚，他吃了晚饭上船，突然愣住了，船上坐着个人，是她。

他们结婚了。结婚的第二晚，他又上了船。该不是小两口拌嘴了吧？人们在猜测。日头当空时，人们听到他媳妇在岸上喊他吃饭。芦苇深处箭一样蹿出一只小船，直奔岸边。他上了岸，提了满满两桶鱼，鳞光闪闪。他的媳妇会打理，只拿出几条，其余的提到集市上去卖，回来时满面春风。"鱼卖了好几个钱呢。"她对男人说。从此，他网鱼就更加用心了。但他从不在一个地方网，遇到小鱼，他就放回去。几年过后，他们家的草房变成了瓦房。

可有一阵子，他提回的鱼越来越少，后来，竟然空着手上了岸。"怎么了？"妻子问。"这水发黑了。可能是那家工厂排出的污水。河上有死鱼漂上来。这河里的东西，不能吃了。今天我划了十多里，没有看到水清的地方。"

"盖房子的账还没还清呢。我们把鱼和螺蛳卖给贩子。城里人可喜欢吃野生的。"妻子说。可是，接下来很长一段时间里，他再也没有网鱼。但他仍然在水上漂，他在拾纸盒子、塑料袋、易拉罐和可乐瓶。他知道，这条河就是他的家，他不能容忍家里有脏东西。他那精明的妻子，后来又把这些东西卖到了废品回收站。

一天，他喜洋洋地拎着鱼和螺蛳上岸，还叫妻子把另一张网补一补。

"太阳打西边出来了。"女人一脸疑惑。

"你不知道，现在河都重新治理了，这水又清了，河里的鱼和螺蛳又能吃了。"他笑着说，一脸灿烂。媳妇也高兴了，卖鱼比卖废品光彩多了。

一天，一位母亲带着女儿从岸上走过。母亲从口袋里掏东西，把一张百元大钞给带了出来。小女孩眼尖，弯腰去拾，一阵风又把钞票刮到了河里。钞票在河面上漂呀漂，母女俩眼巴巴看着，无从下手。这时，从不远处箭一样划过来一条小船。船上男人用一把长长的钳子，一把夹起了钞票。他上岸来，递给了小女孩。小女孩的妈妈摸出一张十元的钞票给他，男人笑笑，拒绝了。母亲和小女孩道了谢，往前走，走了好几步，却听见男人在后面喊。"莫非他反悔了？"母亲把手伸进口袋里。没想到，那男人却跑上来，对小女孩说："你看，我的本事大不大？"小女孩奇怪地望着他。旁边的母亲用手蹭蹭小女孩的背："说，叔叔本事真大。"小女孩照着说了。

于是，男人一脸灿烂。

接下来，男人一连几个夜晚没有下船。再接下来，说是男人的媳妇怀上了。这么多年后，他们终于有了孩子。现在，男人的媳妇总是指着她那花朵一样的女儿说："我喜欢男孩。可我们家的那位，说是要女孩。生女孩也好，可以天天在我跟前。"

爷爷奶奶的爱情

张格娟

秋天的头茬儿阳光，嫩生生地洒遍了村庄。

爷爷手拎着一把镰刀打算出去割稻子，临走悄悄往衣兜里塞了一个小酒瓶。

奶奶手里拎着个罐头瓶子，瓶里盛着刚刚熬好的罐罐茶。她在厨房刚好看到爷爷的小动作，没有揭穿他，自言自语地说："这棺材瓤子，总忘不了喝那个猫尿。"

奶奶说话时，嘘嘘地漏着风。她的牙齿多数已掉，只留下两三颗门牙坚守阵地。

那天，爷爷和奶奶一起出门割稻子。满地全是黄灿灿的谷穗儿，招来了一群馋嘴的麻雀。

奶奶拍了拍身边的稻草人，说："让你看个稻子，都看不好吗？"

爷爷听着乐了，这言语，哪里像在嗔怪稻草人呢，便从地上捡起一个土疙瘩，朝着麻雀集中的地儿扔过去，还没来得及喊一声，那些麻雀拍打着翅膀飞远了。

爷爷弯着腰，用劲儿割着成熟的稻子，稻子一溜儿顺势倒下。奶奶在爷爷身后，捡起一绺儿长的谷秆儿，拧成一根绳子，一排排打着捆。

爷爷趁奶奶不注意，悄悄地拧开了小酒瓶，抿了一口小酒儿，浑身舒坦地抖了两下。

奶奶拧着谷秆儿，笑眯眯地说："又往你那个老鼠窟窿眼儿里倒猫尿了？"

爷爷满足地说："喝点儿舒坦。"

奶奶踮着脚，越过一个个谷茬，给爷爷端来罐罐茶："大秋天的，喝这个带劲儿。"

爷爷接过奶奶的茶，满脸的褶子里都荡漾着幸福。

奶奶从兜里掏出个"戏匣子"，那是孙子从外地给她买回来的。她双手抱着侧放在耳朵边试了试，拧了一下开关键和音量键，对爷爷说："又到播秦腔的时间了。"

爷爷赌气般说道："又听孙存蝶《拾黄金》，都听八百遍了，还听！"

奶奶扑哧一声笑了："看把你老棺材瓢子酸的，我就喜欢听孙存蝶。"

爷爷说气话："你怎么不早嫁了他呢。"

奶奶气也涌上来了，说："早想嫁呢，可惜人家不认识我。"

"我就说嘛，你再热乎，还不是剃头担子一头热？"说完，爷爷抢起镰刀割稻子，稻子又一排排顺势倒下。

奶奶生气了，一生气便不理爷爷，还故意将"戏匣子"的声音放大。

其实爷爷也爱听秦腔，他是见不得奶奶那个迷恋劲儿。

爷爷累了，坐在田埂上，摸出小酒瓶儿，仰起脖子，"吱儿"喝了一口，偷偷瞅了一眼奶奶。他是在等着奶奶说"又往你那个老鼠窟窿眼儿里倒猫尿了"呢。

奶奶却憋住了劲儿，绷着脸不言语。爷爷知道，奶奶是真的生气了。

爷爷悄悄走到奶奶身后，背过身子撒了一泡尿，侧着头，想让奶奶说点啥，奶奶依然不声不响。

爷爷把红色的裤带儿绑紧后，惊慌地说："哎呀，蛇，有蛇！"

奶奶听到蛇，一下子跳了起来，问："蛇，蛇在哪里？"

爷爷乐得哈哈大笑："丫头片子，这不还是说话了吗？"

奶奶知道自己上当了，用手去捶爷爷。

爷爷攥住奶奶的手说："丫头片子，歇会儿。人老喽，不中用了。"

爷爷这么一说，奶奶也感觉到腰有些酸疼。

这爷爷奶奶，老了老了，却有点儿不正经了。爷爷叫奶奶丫头片子时，奶奶心里其实是受用的，心里头喜欢着，嘴上却说，这老不正经的。

爷爷从来不在儿孙们跟前这样叫奶奶，爷爷叫奶奶"老不死的"，奶奶称呼爷爷"老棺材瓢子"。

爷爷和奶奶还偶尔斗嘴。斗得狠了，奶奶就踮着脚儿，腋下夹个小包袱，挂着拐棍儿，气鼓鼓地说："我走了，留你老棺材瓢子一个人清闲去。"嘴上这么说着，心里却在等爷爷拦住她。

可爷爷偏不，只慢悠悠地说："老不死的，走就走，谁怕你走了不成？"爷爷捋着胡子，将白亮亮的小酒盅端起，又"吱儿"抿一口。

孙子们对爷爷说："爷爷，我奶奶说她真走了。"

"让她走，走了五十多年了，一辈子不是还在嘛。"爷爷知道，奶奶其实是想女儿了。

奶奶在姑姑家住一两天，就不停地念叨开了："二丫儿，老棺材瓢子最近还好吗？我昨晚梦见雪下得挺大的，天地一片白了。"

姑姑知道奶奶惦念着爷爷，就将奶奶送了回来。爷爷笑着，站在房门前迎着她。

闲着没事的时候，爷爷和奶奶就讨论谁先走谁晚走的问题。

爷爷说："丫头片子，我比你大，应当走你前头。再说，我比你劲儿大，据说阴间地皮也金贵着呢，我提前去给咱占地儿，等你来了，咱还是两口子。"

奶奶唏嘘着，将嘴一扭说："老棺材瓢子，阳间的罪我还没受够吗？到阴间我不找你，我找个唱秦腔的，给我解闷儿。"

爷爷不满地撇一下嘴说："就那么个秦腔小生，让你记了一辈子啊！"

奶奶又抿着嘴不说话了。爷爷知道，他又犯了忌。据说，奶奶年轻的时候，在县剧团唱秦腔花旦，认识了一个唱生角的小伙儿。可太姥爷不同意，硬是将奶奶从剧团拉了回来，许给了爷爷。

爷爷从来不在奶奶跟前提这个人，这老了老了，醋劲儿怎么还大了呢？

爷爷见奶奶又不说话了，笑呵呵地说："丫头片子，脾气比年轻时还大了，我不过随便说说嘛。"

奶奶又绷不住，笑了。奶奶说："我走我就走在你前头，留下我一个人活在世上，多寂淡。"

日子像水一样一点儿一点儿淌过去了。

爷爷还真走在奶奶的前头了，奶奶变得越发沉默了。家里的供桌上，爷爷在照片里总是笑呵呵的样子，奶奶隔三岔五地对孙子们说："如果去城里，给你爷爷打些好酒。"

孙子们笑着问奶奶，怎么不说猫尿了。奶奶抿着嘴说："老棺材瓢子喜欢喝，就让他喝吧。"

奇怪的是，奶奶那么爱听秦腔的人，自从爷爷去世后，不再听戏了。她把"戏匣子"锁在柜子里，再也没见拿出来过。孙子们都说："奶奶，你一个人无趣，就听听戏呗！"

奶奶说："老棺材瓢子不喜欢。"

行走的河

冷清秋

六五。对，这是一个真真正正存在过的名字。

这名字稀奇。我也是几年前才知道老六的本名。

若不是他急着买房朝我借钱立字据，我还真不知道一个人的名字居然会是数字的组合。老六看我笑得合不拢嘴，就有点儿讪讪地解释说因为自己老爹识不了几个字，当时就随口给自己取名叫"六五"。

我那天笑着问老六还去河里钓鱼不，老六愣了半天才明白我问的啥意思。他涨红着脸，过了老半天才叹了口气，垂着脑袋说，不了，早就不了。我有点儿失望，但素来的矜持还是阻止了我的继续发问。老刘是我在宋庄下乡时认识的朋友。

他那时爱唱戏，我在宋庄下乡那几年没少听他哼哼。

那时逢闲我爱去附近的河里钓鱼，在那里经常看到个穿得破破烂烂的老人戴着只白色的口罩钓鱼。口罩白，和黝黑的脸、破烂的衣服形成对比，非常扎眼。其实年纪应该不算很大吧，只是看着老相。取下口罩才发现豁着牙齿，满脸都漾着笑意，整个人看上去很是喜感和亲切。他很健谈，一来二去就熟络了，不海侃时就捏着嗓子哼徽剧，虽然牙齿漏风，但听起来像模像样的。

久了，知道他家就在河流下游的张村。

久了，才知道他戴着口罩不是防风，是闻不惯鱼腥味儿。

他还笑着说这样还可以防细菌，少生病。虽然我不否认他说的话，但这其实是个很滑稽的理由，尤其在乡下。我就记住了老六。

老六告诉我，在下游水草茂盛的地方网虾米才过瘾，还可以捉点儿秋蟹和螺蛳。他很随和，有时会主动拉我一起去网，一来二去的，我们就成了无话不谈的忘年交，他让我随别人叫他老六。

那时日子苦，钓鱼捉虾给我们带来不少乐趣。虽然有时收效甚微，但那些带着腥味儿的战利品没少给我们的餐桌增香。

老六家大大小小有五个孩子，老婆得了月子病，干不了重活儿，但老六从没为生计发愁过。他除了队上分给家里的几亩地外，还开垦了些肠条荒，每年都多打不少粮食。老六让二小子给我扛来个大倭瓜，说上笼屉蒸熟了蘸盐水吃。那以后我算记住了那美味，隔三岔五去找老六索要。老六从没不舍得，每次都是顺手朝一个地方一指，吩咐自家的小子，去，给你叔拣大的摘。后来，我干脆也不找老六了，想吃时，摸到老六栽的瓜蔓下自己伸手拽一个。

那时那关系，嗨，简直比亲兄弟还要亲。所以尽管多年不见，但老六一张口说借钱，我二话没说就答应了，根本就没看妻子在一边挤眉弄眼地丢眼色。但好在老六聪明，紧接着对我说，亲兄弟明算账，还是立个字据的好。看他认真，我也就没再坚持什么。

妻子的不搭理也就持续了几个晚上，日子总是要过的。何况老六儿子买房子的向阳小区距离我上班的地方也不远。可我没想到妻子的预言最后竟成了真。

两年后，向阳小区的住户陆续入住后，妻子催我赶紧拨打老六的电话联系，但此时老六留给我的手机已经停机了。我觉得不妙，第二天赶紧跑到乡下去找老六。但摸到地方后发现，老六家的大门落锁，锈迹斑斑的。大门前尘土落叶堆积，显然久未住人。

看来只好向老六的邻居打听老六的去向了，但接连找了几户，家家大门紧锁，都没有人在家。后来遇到个放羊的老汉，老汉指指村西冒着狼烟的大烟囱说，都在化工厂打工哩。问起杨六五，老人说没这人。

我赶紧改口说是老六，以前爱戴着白口罩钓鱼。老人这才止住脚步说，哎呀，他呀……就再无下文。再问，老人伸手指指水库的方向说，车祸后埋那儿了。我心一惊，赶紧问，啥时候的事？

早了，两年了吧！老人说着，慢腾腾地远去。

没想到会是这结局。我腿脚发软，跟跄着朝水库那边赶，人还没到岸边，就赶紧掩住了口鼻。这么大的味儿，老六咋受得了？

让车缓缓驶过十字路口

徐均生

陈阳早上醒来的时候，脑海里忽然跳出一句话："哈哈，我还活着！"紧接着又跳出第二句话："我为什么要活着？"

这时候，陈阳的头脑完全清醒了，不过，他很纳闷，我从来没有想过生死的问题，今天怎么会想到？难道是我的潜意识里不想活了，还是我的生命密码出了问题？

陈阳开始回忆昨天一整天遭遇的事，上午在单位机关干部大会上，他被免去了处长职务；中午回到家，他很爱的同居女友打包离家，给他留下一张纸条：我们好说好散，请不要问为什么。下午，他没去上班，在家喝了一下午酒，白酒，红酒，黄酒，轮番喝，喝到趴下为止，然后什么都不知道了。

现在的陈阳终于明白为什么会想到生死了，那是因为昨天的意外遭遇，使他的潜意识里有了一些有关生命的想法，这应该是他人生的一个转折点，非常重要，可能会影响到他今后的人生走向。

陈阳打电话请了假，准备把年休假全部休完。他没有上网购车票，也没有立即去开车。他洗了澡，烧了一壶水，泡了一杯绿茶，看着碧绿的茶叶在热水里慢慢地舒展，心情渐渐平静

老爱情

下来。

他看着杯子里一颗颗竖起来的茶芽，很自然地想，如果我是一颗茶芽，那么工作的单位应该是一小杯水，整个人类社会就是水的海洋了。而自己这颗烘干了的茶芽，如果没有遇到水，是舒展不了身体的——碧绿的嫩芽，要在水里释放茶香。而这茶香，如同一个人对社会的贡献，你的味道如果越受社会欢迎，那么你这颗茶芽就越受人喜爱、受人尊敬。

如此说来，我是一颗怎么样的茶芽呢？

陈阳想了老半天，也没想出个所以然来。他从家里出来，开车上了路，一路上没什么新鲜感，都是老房子老风景，根本没有能让他动心的感觉。

当车子要从一个小十字路口通过时，左边的车道上来了一辆电动三轮车，跟他的车差不多同时到达路口，谁先过，谁就得等一等。当时，他的路权优先，但他却踩了刹车，让对方先过。而三轮车也停住了，有让他先过的意思。他还是没有先行，很随意地挥了挥手，示意让三轮车先行，三轮车慢慢动了，司机微笑地驾驶着三轮车通过。

那微笑，一下子把陈阳给镇住了，那是一种被别人尊重后的微笑，是一种感激又自然的微笑，更是一种发自内心的微笑，没有任何的杂质，单纯而又美好。

陈阳连忙用目光去追逐这辆三轮车，发现它是那么的破旧。车上有一个炉子，还有一些餐具碗筷，估计是卖早餐的，车板的座位上还挤着一名妇女，回头朝这边看，嘴里好像在说什么。他们应该是一对夫妻吧。车子慢慢地消失在巷尾了。

陈阳收回目光，松了刹车，让车缓缓地驶过十字路口，在一块空地上停下车。他感觉自己心跳得很快，跟将要抉择一件大事一样。

　　他特意下了车，走回到小十字路口，在原来停车的位置上，往前、往左、往右看了又看，又细细地回味刚才让车的情景。他想，当时我为什么会让对方先行？按理说我的路权优先，又是一辆轿车，对方是一辆破三轮车，我怎么可能让呢？可我让了，而且让得非常有礼貌。难道这意味着不当处长了，在一些小事上也要谨慎小心，不能再拿处长的架子了？

　　其实，他为人处世还是不错的，无论是谁，不管有没有职务，他都很平等地对待。问题在于刚才让车，如此客气地让车，有点儿让他反应不过来。因为让车时是很自然的，一点儿也不刻意，他心平气和地刹住车子，让对方过去，对方也在等待他先过，但他还是挥了挥手，很客气地示意对方先行。

　　陈阳回到车上，想到了一句话：我是谁？我只是我，谁也替代不了。我昨天被免职了，很爱的女友离开了，喝醉了酒，早上醒来时，忽然想到了有关生命的话题。现在，也就是刚才我在十字路口，很友好地请一辆破三轮车先行。三轮车的司机朝我微笑，这微笑弄得我没完没了地回味，好像是一杯泡开茶叶后的茶水，一定要趁不烫口时喝下去，这茶的味道就会特别好，淡淡的茶香味儿，会让人沉醉其中。那么，这微笑是不是跟一杯好茶一样？

　　想到这里，陈阳决定回家泡一杯茶。

　　陈阳发动车子，调头，到十字路口，刹车，往左，往右，看了又看，确定无一车一人，便松了刹车，让车子缓缓地驶过了十字路口。

孤　独

冯继芳

他站在台上，滔滔不绝地演讲，瓦尔甚至看到他嘴角泛起的白沫。

台下，有人站起来，高声问道，你一旦竞选成功，会不会违背自己的承诺？

他微笑着摊开双手，如果你提出这样的疑问，我只能告诉你，等我竞选成功后，等着瞧！否则，我说再多，你仍然不信。

台下的欢呼声一浪高过一浪。

演讲结束，他往台下走，忽然一个趔趄，差点儿摔倒。他被台上的电线绊了一下。台下一片惊呼，他转回身，笑着说，你看，意外随时都有，但我没有倒下。

台下的人释然，传出一片善意的笑声。

走下讲台，脱离民众的视线，一种无法言说的疲惫突然而至，像海上刮起的十级大风。

夜晚来临，寂静的月光，白练一般裹着大地，风都是轻手轻脚的。他站在窗前问自己，这是自己想要的人生吗？没有人回答，他只听到自己的呼吸。

他觉得自己很像那弯下弦月，孤零零地悬在空旷的夜空，他伸出手拼命地想抓住点儿什么，却只有浮云飘过。

他四处看看，觉得周围似乎埋伏着什么，他们隐藏在夜的影子里，看不透。他努力把光散过去，依然看不透。

第二天，天刚蒙蒙亮，瓦尔问他，今天，还去吗？他点点头。

以前，他是不用演讲稿的，每次都讲得游刃有余。今天，他手里拿着演讲稿站在台上，神情有些恍惚。

可以开始了！瓦尔在台下示意他。有一瞬间，瓦尔看到他茫然的眼神。

演讲结束后，瓦尔找不到他了。

当找到他时，他一个人站在屋后的海边，孤单的影子被夕阳拉得细长，这让瓦尔想起他的父亲。

你父亲年轻时，也像你这样走过来的。瓦尔走到他身边，轻轻拍下他的肩膀。

他盯着夕阳，没有回头。

当年，你父亲曾经说过，为了家族的事业，他别无选择，只能不停地向前冲。

正是因为这个，我一直顺着父亲的轨迹努力往下走，只是，有些时候，我会找不到自己，你能明白这种感受吗？

明白，当年，你父亲也和我说过同样的话。可你父亲却没停下来，公司能发展到现在，你父亲付出的努力，常人根本无法想象。

以前不懂，现在懂了。为了竞选，竞争对手给我安了许多虚名、骗子、黑心商人，甚至伪娘。我不明白的是，父亲为什么一定要让我竞选州长，我们经营自家的企业，不是挺好的吗？

你父亲是一个做大事的人，当年，为了把企业做大，他忍受了很多常人无法忍受的孤独。

父亲曾经说过，要把我培养成一个能忍受孤独的人。当时，我还不理解，现在，越来越明白父亲的用意。

因为你父亲太知道那种感受，当年，你不肯接手家族企业，你父亲就很无奈。

那时年轻，只想做自己喜欢的事。

但你父亲却看好你，一个有毅力向峰顶攀登的人，一定不会太差。这是你父亲当年亲口跟我说的。

可那些诽谤者无时无刻不在煽动、诬蔑，如果不用尽全力抵挡，根本无法支撑。我知道，为了父亲的梦想，你会坚持下去的。

有时，我感觉很累。

嗯，我理解。瓦尔又轻拍一下他的肩膀。

人有了财富以后，要学会分享，分享能让人快乐，还能增加动力。这是你父亲当年捐款建立第一所大学时说的。

一所学校，能改变很多人的命运，所以，我们停不下来，是吗？他若有所思。

瓦尔点点头，冲他笑了一下。

有时候，身不由己的背后，藏着很多无奈，但是我们做过的事，总会有人记住，比如那些上不起大学的孩子。

是，我喜欢看他们朝气蓬勃地走在校园里。

可我们的能力毕竟有限，你父亲让你竞选，是想借助一些力量，改变更多人的命运。

嗯，我明白。

我知道你不喜欢招摇，不喜欢万众瞩目，更不喜欢被舆论包围，这有些为难你。

只有你懂我，瓦尔叔叔。他冲瓦尔笑了一下。

从你父亲接手企业第一天，我就一直跟着他，你很像你父亲。

我很像我父亲？

别忘了，你父亲也曾经年轻过，他也是一个特立独行、有想法的人。

所以，他明白我所有的感受？

当然，只是他现在不在了。但是，你父亲会看到你所有的努力，无论结果如何。

但愿天堂的父亲能够欣慰。他看着天边的落日，轻声说。

外婆说过……

用兵韩信

天还没有亮，陶小明就往棺山坡那条羊肠小道上奔跑。

翻过棺山坡，他能提前半小时到学校。昨天最后一节是体育课，和同学打篮球到天黑就回家了。今天一起床，他才想起昨天该他轮值。他必须在早晨七点半以前，把黑板擦干净，把地扫干净，把桌椅擦干净摆整齐。否则，不但影响同学们的早自习，他这个劳动委员也别当了。

虽然棺山坡到处是坟堆，甚至很多腐烂的棺木，在夏天的夜晚晃动着绿幽幽的鬼火，与萤火虫闪动的光亮一样一样的，但外婆说过，鬼这个东西，你不怕它，它就怕你。你要是怕它，不管你躲到哪儿，它都会抓到你。何况老师也说了，那不是鬼火，是磷火。所以，一到夏夜，他和小伙伴们经常来这儿捉好多的萤火虫。他从没担心过，会在棺山坡遇到鬼。

他跑到半山腰，累了，蹲下喘气。又站起来，抬头，迈脚奔跑。但是，他抬起的那只脚没有放下去……

朦朦胧胧中，他看见离他不远的前方，有一个白影在晃动。而且，那白影越变越高，越变越大……他全身的汗毛都竖起来了。寒气瞬间从每个毛孔里冲出来，他浑身战栗。他感到两眼模糊，脑海中冲出那个字来：鬼！

他的本能让他把迈出的那只脚旋转一百八十度撒腿往回跑，但刚转身却僵硬在那里。外婆说过，人是跑不过鬼的。也许自己还没有跑到山下，就被鬼抓回来了。怎么办？他的脑海中又响起了外婆的话："胆大漂洋过海，胆小寸步难行。"他现在就寸步难行。突然，他发现，刚才转动时，速度太快，衣兜里有一个硬物把他的左手碰得生痛。他迅速把左手伸进衣兜，是一把折叠的水果刀。他顿时惊喜，有刀，我怕什么？用它跟鬼拼个你死我活。

他用尽全身力气，把小刀在空中一甩，弹出三寸长的刀页。刀页明晃晃的，闪闪发光。这闪光，给了他又一种力量。他猛然转身，看都不看，拼命向山上的白影冲去。

奇了怪了。

刚才还变大变高的白影，由于他勇敢的冲锋，现在又开始变小变矮了。外婆说得太好了，狭路相逢勇者胜，鬼都被自己的刀吓坏了！这更增添了他向前冲锋的勇气。仲夏的黎明，高低不平的山路上传来清晰的噔噔噔的跑步声。

那白影听到跑步声，转过身，见一个持刀的影子冲来，一抬手，"哗啦"，将一铺草帘挡住了陶小明的视线。陶小明不管三七二十一，手中的小刀猛然向草帘刺去……

"你……你……要干什么？"

"杀……死……你！"虽说陶小明的话在喉咙里变了调儿，但却混沌有力。

"我……我……没钱。"

陶小明收回挥舞的小刀，用另外一只手揉了揉眼睛，细看面前这个跟他说话的"鬼"。

岁数有点儿大，跟外婆差不多，估计六十多岁了，白色的对襟衣服敞开着。被他划了一刀的草编席掉在了地上。

"你……你不是鬼？"

"鬼？我哪像鬼？"

"我看见你一会儿变高，一会儿变矮；一会儿变胖，一会儿变瘦。我以为遇到了鬼，吓死我了。"陶小明的话语中减少了惊恐。

"这山路，一上一下；这风，一会儿吹一会儿停，天又没亮，又有雾气，当然看不清。"老人看着陶小明的学生装也平静下来。

原来，老人为了防止要收获的玉米被山鼠和黄鼠狼偷吃，这个时节他都要值夜，像陶小明做卫生轮值一样。他值完夜卷了草席回家，以为遇到了抢劫的。

一老一少有点尴尬的笑声迎来了天边的鱼肚白。

放学回家，陶小明绘声绘色地给外婆讲解他遇到"鬼"的故事。外婆从凉椅上站起来抓住他的手："我的小乖乖，幸好你冲上去解开了这个'鬼谜'。否则，你会受害一辈子，我更要后悔一辈子。"外婆在他嫩嫩的脸蛋上捏了一下说："这下外婆可是对你放心了。"